U0100089

香港專業人士實用普通話系列

紀律部隊
普通話

田小琳、畢宛嬰　編著

目錄

附錄

練習答案

後記

參考書目

前言

什麼叫普通話

　　普通話是中國的標準語。憲法規定，國家推廣全國通用的普通話。

　　普通話的標準：以北京語音為標準音，以北方方言為基礎方言，以典範的白話文著作為語法規範。這是從語言的三要素即語音、詞彙、語法三方面，對普通話規範的描述。

　　中國有 56 個民族，130 多種語言；漢民族是人數最多的民族，說漢語的人數佔全國 95% 以上。現代漢語又包括多種方言。大方言區有：北方方言（官話）、晉語、吳語、閩語、客家話、粵語、湘語、贛語、徽語、平話和土話等，每個方言區下面還可以分為很多方言片、方言小片。因而，中國的語言生活是多元化的。五湖四海的中國人要互相來往，互相交流，每個人要在社會中學習、工作和生活，就要用全國通用的普通話。不然，說粵語的人怎麼和說閩語的人溝通呢？會說國家的標準語，是受過教育和有文化素養的表現之一。會說普通話，也為自己的發展帶來方便和好處。

　　香港地處粵方言區，90% 以上的香港人日常是用粵語（或說廣東話）溝通的。隨着資訊時代的發展，偌大的地球已經成為地球村，香港作為國際金融中心，作為國際大都會，每天來

往着成千上萬的內地同胞、台灣同胞和世界各地的華人，我們作為主人接待他們，進行商貿等各方面的往來，也需要用全國通用的普通話來交流。但這並不妨礙我們繼續使用粵語。香港「兩文三語」的語言政策，就是希望在香港社會能夠流通普通話、粵語和英語；在書面語方面，中文、英文都是正式語文。

學習普通話的訣竅

學習普通話有訣竅嗎？首先要有學習的興趣。普通話是華人用來互相溝通的語言，說好普通話，對自己有百利而無一害。普通話是從金、元、明、清各代近六百多年以來，逐漸形成的民族共同語。能說一口流利的普通話，是很享受的事情。在學習普通話的過程中，掌握以下的學習方法，可以事半功倍。

1. 大膽開口說：不要怕自己的發音不準，多說常說，能用普通話流利地表達自己的意思，能和別人溝通，就達到目的了。

2. 認真仔細聽：聆聽是理解的過程。聆聽發音準確的普通話，有助於改善自己的發音，聽得準，才能說得準。

3. 熟練運用拼音：漢語拼音是注音的工具，學好了一生受用。應儘量用最快的速度集中學拼音。用拼音輸入法打中文，速度快、效率高。

用拼音輸入法打中文，可以幫助自己掌握規範的普通話詞彙，舉個例子，你想打「包羅萬有」，輸入「b l w y」之後，

可能出現「暴露無遺」、「玻利維亞」，就是沒有「包羅萬有」，為何？因為「包羅萬有」是粵語，普通話是「包羅萬象」。還有「豬朋狗友」，打「zh p g y」根本沒有，因為普通話說「狐朋狗友」。

漢語拼音是正音的工具，你用拼音輸入法打字，如果聲母或者韻母打錯了，你要的那個字就出不來，在你尋找正確拼音的過程中，間接幫你正音了。

學習普通話，也是學習中文。任何一種語言，口語和書面語都是相輔相成、密切相關的。不要把普通話當成第二語言或者外語來學。標準的口語和標準的書面語是一致的。這就是「我手寫我口」的道理所在。提高了說普通話的水平，也會有助於提高中文書面語的水平。

我們學習了粵語和普通話在詞彙和語法上的區別，在書寫書面語時，就可以避免方言的影響。我們擴大了普通話詞彙量、學會了大量普通話句式，表達上就更加得心應手。

《漢語拼音方案》好處多

《漢語拼音方案》是在 1958 年由政府正式公佈的。聯合國在上世紀八十年代，已經將漢語拼音作為轉寫漢語的國際標準，國際標準化組織也以漢語拼音作為拼寫中國人名、地名的國際標準。《漢語拼音方案》在現今的互聯網時代發揮了更大的作用，也進一步走向世界。2015 年 12 月 15 日，ISO 總部正式出版 ISO7098：2015 的英文版，將漢語拼音作為新的國際標準向世界公佈。

《漢語拼音方案》具有國際化的優點，它的第一部分字母表，共計 26 個字母，與英語字母表完全一樣，採用的是國際上最常用的拉丁字母表。只是讀法不同。這就比 1918 年政府公佈的「注音符號」進步了。注音符號用的是漢字部件來表示，台灣沿用至今，也發揮了很好的作用。

第二部分聲母表和第三部分韻母表，裏面的聲母、韻母就是從上述的字母表裏選取字母表示的。第四部分是聲調符號，普通話聲調很簡單，只有四個。第五部分隔音符號，是書寫時才用的。

漢語拼音的首要作用是給漢字注音，每一個漢字的字音，都包括聲母、韻母、聲調三部分。所以，用漢語拼音可以給每個漢字準確注音。

目前，電腦、手機等成為人們不可或缺的資訊工具，用什麼方法輸入中文最快？漢語拼音成了最好的工具之一。中國網民數以億計，九成以上用拼音輸入中文。這個技能學會了，學習、工作的效率會大大提高，事半功倍。所以建議讀者可在學習之餘下載有關軟件，練習用拼音輸入中文。

上部

pǔtōnghuà   yǔyán   zhīshi

普通話語言知識

第 1 課　普通話的聲調

一、普通話語音

　　普通話的聲調是普通話語音的靈魂，因為聲調有區別意義的作用，mā, má, mǎ, mà 四個不同聲調的音節，寫出來是四個字：媽、麻、馬、罵，意思不同。此外，還有一個輕聲：ma（嗎）。

　　普通話的四聲調類名稱分別為第一聲（陰平）、第二聲（陽平）、第三聲（上聲）、第四聲（去聲）。由下面的五度調值圖可以看到四聲準確的調值和走向特點。

調類	簡稱	例子	調值	調號	特點	五度標調圖
陰平	第一聲	湯 tāng	55	–	高平	55 陰平　5 高
陽平	第二聲	糖 táng	35	ˊ	中升	35 陽平　4 半高
上聲	第三聲	躺 tǎng	214	ˇ	降升	51 去聲　214 上聲　3 中
去聲	第四聲	燙 tàng	51	ˋ	全降	2 半低　1 低

　　普通話的聲調，調值都比較高，陰平是 55，陽平是 35，上聲是 214，去聲是 51。大部分都含有最高的調值 5，這是要特別注意的。港澳人士要注意一四聲的分辨和二三聲的分辨。

朗讀時，可以用手勢輔助，以對聲調特點加深認識。

此外，聆聽訓練對於掌握普通話聲調會有很大的幫助。

1. 一二三四聲依序排列練習

bīngqiáng-mǎzhuàng
兵強馬壯

diāochóng-xiǎojì
雕蟲小技

guātián-lǐxià
瓜田李下

gāopéng-mǎnzuò
高朋滿座

huāhóng-liǔlǜ
花紅柳綠

guāngmíng-lěiluò
光明磊落

shānqióng-shuǐjìn
山窮水盡

xīnzhí-kǒukuài
心直口快

xīqí-gǔguài
稀奇古怪

2. 四三二一聲依序排列練習

kègǔ-míngxīn
刻骨銘心

diàohǔ-líshān
調虎離山

bèijǐng-líxiāng
背井離鄉

mòshǒu-chéngguī
墨守成規

nòngqiǎo-chéngzhuō
弄巧成拙

pòfǔ-chénzhōu
破釜沉舟

sìhǎi-wéijiā
四海為家

tònggǎi-qiánfēi
痛改前非

xiùshǒu-pángguān
袖手旁觀

3. 一四聲練習

tiānfù
天賦

dānrèn
擔任

fāngxiàng
方向

gāoxìng
高興

hēiyè
黑夜

jiūzhèng
糾正

niēzào
捏造

shēngdiào
聲調

bēijù
悲劇

xīwàng
希望

4. 二三聲練習

chángjiǔ
長久

cídiǎn
詞典

chéngguǒ
成果

xúnjǐng
巡警

nánnǚ
男女

píngděng
平等

shípǐn
食品

tíngzhǐ
停止

quántǐ
全體

zácǎo
雜草

粵語聲調與普通話聲調對應表

粵語	普通話	例子
陰平	陰平	春 開 張 光 香 山

粵語	普通話	例子
陽平	陽平	堂 揚 繁 榮 平 黃
陰上	上聲	港 島 景
陽上	上聲	我 伍 腦 滿
	去聲	似 抱 盾 肚
陰去	去聲	世 界 報 到 壯 配
陽去	去聲	漫 步 順 義 地 瑞
陰入、中入	陰平	一 出 叔 哭 吃 喝 約 脫
	陽平	竹 卓 福 吉 哲 國 覺 潔
	去聲	腹 益 必 克 各 切 設 涉
陽入	陽平	白 罰 局 毒 舌
	去聲	六 力 玉 目 麥

二、知識窗：粵語普通話詞語對比

1. 粵、普用不同的詞來表達相同的概念。

🈁 俯臥撐　打點滴　下課　掰腕子　辦公室 / 辦公樓

🈁 掌上壓　吊鹽水　落堂　拗手瓜　寫字樓

2. 同形異義詞：即同一個詞，表達的意義卻有區別。

	普	粵
窩心	受委屈後不能表白心中的苦悶，心裏很不舒服	貼心，合心意
地下	地面之下	地面上第一層
班房	監獄 / 拘留所	教室
地牢	地面下的監牢	地下室

3. 詞義相同，但構詞成分的次序不同。

普 擁擠　蹊蹺　錄取　素質　隱私　鞦韆　乾菜

粵 擠擁　蹺蹊　取錄　質素　私隱　韆鞦　菜乾

4. 詞義相同，但構詞成分有一個相同，一個不同。

普 手鐲　項鏈　小孩　腳跟　圍巾　姑父　板擦　口渴　手套　開水

粵 手鈪　頸鏈　小童　腳睜　頸巾　姑丈　粉擦　頸渴　手襪　滾水

5. 詞義相同，構詞成分兩個都不相同，但均為同義、近義成分。

普 臥室　冰箱　冰棍兒　碰壁　有空　零錢　穿衣　發薪　發號

粵 睡房　雪櫃　雪條　撞板　得閒　散紙　着衫　出糧　派籌

三、練習

1. 朗讀下列單字，按聲調把下列各字歸類。

人　天　地　杯　紅　風　海　紙　草　唱
麻　詩　雷　電　鼓　寫　罵　學　樹　聽

第一聲：_____

第二聲：_____

第三聲：_____

第四聲：_____

2. 朗讀下列詞語，標出詞語的聲調。

（1）掃描　（2）故鄉　（3）關心　（4）黑板　（5）家庭

（6）老師　（7）排隊　（8）熱情　（9）遲早　（10）警告

第2課　聲母和韻母的拼合（一）

一、普通話語音

普通話中的音節可以分為聲母和韻母兩部分。

（一）聲母 b, p, m, f; d, t, n, l; g, k, h

1. 唇音

b: 上唇和下唇形成阻礙，氣流衝破阻礙，爆發出聲音。氣流較弱，發音時聲帶不顫動。

> 例　奔波 bēnbō　被捕 bèibǔ　擺佈 bǎibù

p: 發音部位及方法與 b 相同，但氣流比 b 強。

> 例　批評 pīpíng　攀爬 pānpá　乒乓 pīngpāng

m: 發音部位與 b 相同，氣流從鼻腔出來，發音時聲帶顫動。

> 例　秘密 mìmì　盲目 mángmù　面貌 miànmào

f: 上齒與下唇接觸形成阻礙，氣流通過唇齒間的縫隙摩擦擠出。發音時聲帶不顫動。又叫唇齒音。

> 例　發奮 fāfèn　反腐 fǎnfǔ　芬芳 fēnfāng

2. 舌面前音

d: 舌尖抵到上齒齦，形成阻礙，氣流衝破阻礙，爆發出聲音。氣流較弱，發音時聲帶不顫動。

例 等待 děngdài　道德 dàodé　達到 dádào

t: 發音部位及方法與 d 相同，但氣流比 d 強。

例 探討 tàntǎo　體貼 tǐtiē　疼痛 téngtòng

n: 發音部位與 d 相同，氣流從鼻腔出來，發音時聲帶顫動。

例 男女 nánnǚ　牛奶 niúnǎi　泥濘 nínìng

l: 舌尖抵到上齒齦，形成阻礙，氣流通過舌頭的兩邊出來，發音時聲帶顫動。

例 流利 liúlì　履歷 lǚlì　聯絡 liánluò

3. 舌根音

g: 舌根抵住軟腭，形成阻礙，氣流衝破阻礙，爆發出聲音。氣流較弱，發音時聲帶不顫動。

例 高貴 gāoguì　國歌 guógē　廣告 guǎnggào

k: 發音部位及方法與 g 相同，但氣流比 g 強。

例 困苦 kùnkǔ　可靠 kěkào　開墾 kāikěn

h: 發音部位與 g 相同，氣流從舌根和軟腭之間的窄縫中擠出來，發音時聲帶不顫動。

例 呼喚 hūhuàn　航海 hánghǎi　後悔 hòuhuǐ
▲

（二）單韻母 a, o, e, i, u, ü

a: 開口度最大，口自然張開，舌頭位置最低。

例 他 tā　麻 má　卡 kǎ　大 dà
▲

o: 開口度較小，唇呈圓形，舌頭位置半高。

例 波 bō　佛 fó　我 wǒ　破 pò
▲

e: 開口度較小，唇呈扁狀，舌位高度與 o 相同。

例 哥 gē　德 dé　惹 rě　色 sè
▲

i: 開口度最小，舌尖下垂至下齒背，唇呈扁狀，舌頭位置最高。

例 低 dī　迷 mí　你 nǐ　弟 dì
▲

u: 開口度最小，唇呈圓形。發音時舌根接近軟腭，舌頭位置最高。

例 姑 gū　圖 tú　努 nǔ　度 dù
▲

ü: 開口度最小，唇呈圓形，舌位高度與 i 相同。

例 居 jū　魚 yú　女 nǚ　綠 lǜ
▲

（三）複韻母 ai, ei, ao, ou, iao, iou, uai, uei, ia, ie, ua, uo, üe

發音的方法是從前一個韻母滑動到後一個韻母；在滑動中唇形、舌位是逐漸變化的，氣流不能中斷。

ai 哀	ei 欸	ao 熬	ou 歐	
iao 腰	iou 憂 *	uai 歪	uei 威 *	
ia 呀	ie 耶	ua 哇	uo 窩	üe 約

*註：iou（憂）與聲母相拼時，省略寫成 iu； uei（威）與聲母相拼時，省略寫成 ui。

例 災害 zāihài　　配備 pèibèi　　高樓 gāolóu

　　吵鬧 chǎonào　　收購 shōugòu　　綢繆 chóumóu

　　摟抱 lǒubào　　秒錶 miǎobiǎo　　逍遙 xiāoyáo

　　繡球 xiùqiú　　牛油 niúyóu　　懷揣 huáichuāi

　　退回 tuìhuí　　摧毀 cuīhuǐ　　外匯 wàihuì

　　漂流 piāoliú　　花襪 huāwà　　火鍋 huǒguō

　　假牙 jiǎyá　　歇業 xiēyè　　雀躍 quèyuè

ai-ei	賣力 màilì——魅力 mèilì 埋頭 máitóu——眉頭 méitóu
ao-ou	早市 zǎoshì——走勢 zǒushì 牢房 láofáng——樓房 lóufáng
ua-uo	進化 jìnhuà——進貨 jìnhuò 滑動 huádòng——活動 huódòng
ie-üe	茄子 qiézi——瘸子 quézi 買鞋 mǎixié——買靴 mǎixuē
iao-iou	消息 xiāoxi——休息 xiūxi 生效 shēngxiào——生鏽 shēngxiù

二、知識窗：粵語普通話句式對比（一）

粵語和普通話語音差異最大；詞彙的差異也有，特別在口語詞方面；語法方面，粵普的區別不大。中文的語法系統十分強調語序，並且大量使用虛詞，現根據這兩個特點，將粵普語序比較舉例說明如下：

1. 比較句

（1）普 張嘉樂跑步比我快。

粵 張嘉樂跑步快過我。

（2）普 重慶夏天比廣州還熱。

粵 重慶夏天仲熱過廣州。

2. 狀語的位置

（1）普 你先睡吧，我看完電郵就睡。

粵 你瞓先啦，我睇埋電郵就瞓。

（2）普 慢點兒走，等等老人家。

粵 行慢啲啦，等埋老人家。

3. 動詞後兩個賓語的位置

（1）普 老師借給我兩本書。

粵 老師借兩本書俾我。

（2）普 大姐送給我一套《紅樓夢》。

粵 大家姐送咗套《紅樓夢》俾我。

（3）普 勞駕，給我一磅草莓。

粵 唔該，俾一磅士多啤梨我。

4. 選擇疑問句的語序

（1）[普] —— 你坐過高鐵嗎？ —— 坐過。/ 沒坐過。

[粵] —— 你有冇坐過高鐵呀？ —— 有。/ 冇。

（2）[普] —— 你上網看新聞了嗎？ —— 看了。/ 沒看。

[粵] —— 你有冇上網睇新聞呀？ —— 有。/ 冇。

（3）[普] —— 你們做過市場調查沒有？ —— 做了。/ 沒做。

[粵] —— 你哋有冇做過市場調查？ —— 有。/ 冇。

三、練習

1. 朗讀下列詞語，把詞語的聲母填在橫線上。

（1）寬廣 ＿＿＿ ＿＿＿　　（2）蓬勃 ＿＿＿ ＿＿＿

（3）地毯 ＿＿＿ ＿＿＿　　（4）凱歌 ＿＿＿ ＿＿＿

（5）流利 ＿＿＿ ＿＿＿　　（6）特點 ＿＿＿ ＿＿＿

（7）發揮 ＿＿＿ ＿＿＿　　（8）別名 ＿＿＿ ＿＿＿

（9）奶酪 ＿＿＿ ＿＿＿　　（10）荒謬 ＿＿＿ ＿＿＿

2. 試讀出下列字詞，並找出它們的複韻母，用線將二者相連。

(1) 排

(2) 濤   • ai

(3) 浩

(4) 飛   • ei

(5) 否

(6) 號召   • ao

(7) 愛戴

(8) 走漏   • ou

(9) 醜陋

(10) 蓓蕾

3. 朗讀下列詞語，然後找出它們的韻母。

例 ▲ 娃娃	花襪	（ ua ）
(1) 賈家	下架	（ ）
(2) 巧妙	療效	（ ）
(3) 貼切	結業	（ ）
(4) 摔壞	外踝	（ ）
(5) 雪靴	決絕	（ ）
(6) 悠遊	九流	（ ）
(7) 過錯	懦弱	（ ）
(8) 回歸	摧毀	（ ）

4. 單韻母練習遊戲。

　　普通話學會舉行幸運抽獎，圖一是抽獎過程中球在抽獎箱裏的情況，圖二則是某個球剛好被其他五個球圍繞的情況，而

這六個漢字球漢語拼音的韻母剛好是 a, o, e, i, u, ü，像這種情況在圖一中總共出現了四次。請把餘下三組漢字球的漢字寫在適當的位置，並標上漢語拼音。

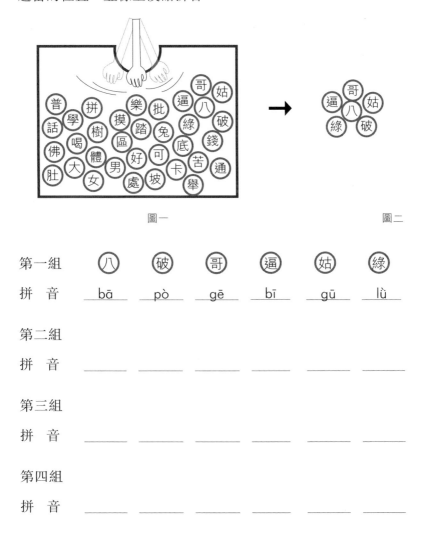

圖一　　　　　　　　　　　　　　　　　　圖二

第一組　　⑧　　　破　　　哥　　　逼　　　姑　　　綠
拼　音　　bā　　　pò　　　gē　　　bī　　　gū　　　lǜ

第二組
拼　音　　＿＿＿　＿＿＿　＿＿＿　＿＿＿　＿＿＿　＿＿＿

第三組
拼　音　　＿＿＿　＿＿＿　＿＿＿　＿＿＿　＿＿＿　＿＿＿

第四組
拼　音　　＿＿＿　＿＿＿　＿＿＿　＿＿＿　＿＿＿　＿＿＿

聲母和韻母的拼合（二）

一、普通話語音

（一）聲母 j, q, x; zh, ch, sh, r; z, c, s

1. 舌面音

j: 舌尖放在下齒後面，舌面前部與硬腭的前部接觸，形成阻礙，發音時舌面慢慢離開硬腭，氣流從縫隙中摩擦而出。發音時聲帶不顫動。

> 例　季節 jìjié　講究 jiǎngjiū　交際 jiāojì

q: 發音方法與 j 相同，但氣流較強。

> 例　恰巧 qiàqiǎo　齊全 qíquán　祈求 qíqiú

x: 舌尖放在下齒後面，舌面前部與硬腭的前部靠近，留一縫隙，氣流從縫隙中摩擦而出。發音時聲帶不顫動。

> 例　循序 xúnxù　現象 xiànxiàng　小學 xiǎoxué

粵語裏沒有和 j, q, x 相同的聲母，只有相近的舌葉音知 [tʃ]、癡 [tʃ]、詩 [ʃ]，因此香港人在發 j, q, x 這三個聲母時特別困難，很容易發成舌葉音。

注意：j, q, x 不跟 u 相拼，只跟 ü 相拼，為了書寫方便，ü 上的兩點不用加，如：居 jū、區 qū、需 xū，後面的韻母是 ü，不是 u。

2. 舌尖後音

zh, ch, sh, r 是把舌尖翹起來抵住硬腭前部來發音的,並不是把舌尖捲到硬腭後面。粵語中沒有這一組聲母。發音時不要和舌面音 j, q, x 相混。

zh: 舌尖上翹,頂住硬腭前部,形成阻礙,發音時舌尖離開硬腭,氣流從縫隙中摩擦而出。發音時聲帶不顫動。

例 真正 zhēnzhèng　住宅 zhùzhái　主張 zhǔzhāng

ch: 發音方法與 zh 相同,但氣流較強。

例 唇齒 chúnchǐ　出差 chūchāi　長城 Chángchéng

sh: 舌尖上翹,接近硬腭,但不要頂住硬腭,留一縫隙,氣流從縫隙中摩擦而出。發音時聲帶不顫動。

例 事實 shìshí　手術 shǒushù　舒適 shūshì

r: 發音方法與 sh 大致相同,但在發音時聲帶會顫動。

例 仍然 réngrán　忍讓 rěnràng　柔軟 róuruǎn

3. 舌尖前音

z, c, s 發音時,舌尖抵住上齒背,接觸面要小。練習時可以把上下齒咬緊,發音時讓氣流從牙齒縫隙間慢慢摩擦而出。

z: 舌尖向前伸,頂住上齒背,形成阻礙,發音時舌面離開上齒背,氣流從縫隙中摩擦而出。發音時聲帶不顫動。

例 再造 zàizào　自尊 zìzūn

c: 發音方法與 z 相同，但氣流較強。

例 粗糙 cūcāo　　層次 céngcì
▲

s: 舌尖向前伸，接近上齒背，形成阻礙，發音時舌面離開上齒背，氣流從縫隙中摩擦而出。發音時聲帶不顫動。

例 灑掃 sǎsǎo　　隨俗 suísú
▲

（二）鼻韻母

1. 前鼻韻母 an，en，in，ian，uen，uan，ün，üan

　　-n 的發音方法是舌尖抵住上齒齦，氣流從鼻腔出來，聲帶顫動。注意前鼻韻母發音結束時，舌尖必須輕碰上齒齦。

an	安 ān	安然 ānrán	感嘆 gǎntàn
ian	煙 yān	見面 jiànmiàn	簡便 jiǎnbiàn
uan	彎 wān	轉換 zhuǎnhuàn	貫穿 guànchuān
üan	冤 yuān	圓圈 yuánquān	軒轅 xuānyuán
en	恩 ēn	沉悶 chénmèn	門診 ménzhěn
in	因 yīn	拼音 pīnyīn	辛勤 xīnqín
uen	溫 wēn	論文 lùnwén	餛飩 húntun
ün	暈 yūn	均勻 jūnyún	軍訓 jūnxùn

2. 後鼻韻母 ang，eng，ong，ing，iang，iong，uang，ueng

　　-ng 的發音方法是舌根頂住軟腭，氣流從鼻腔出來，聲帶顫動。所以後鼻韻母發音結束時，舌根必須頂住軟腭，口張開。

ang	昂 áng	幫忙 bāngmáng	放榜 fàngbǎng
iang	央 yāng	想像 xiǎngxiàng	強項 qiángxiàng
uang	汪 wāng	裝潢 zhuānghuáng	狀況 zhuàngkuàng
eng	亨 hēng	豐盛 fēngshèng	更正 gēngzhèng
ing	英 yīng	姓名 xìngmíng	晶瑩 jīngyíng
ueng*	翁 wēng	老翁 lǎowēng	小甕 xiǎowèng
ong	轟 hōng	恐龍 kǒnglóng	轟動 hōngdòng
iong	擁 yōng	洶湧 xiōngyǒng	炯炯 jiǒngjiǒng

* 註：韻母 ueng 前，不與任何聲母相拼。

二、知識窗：粵語普通話句式對比（二）

粵、普虛詞用法舉例比較如下：

1. 表示遞進的連詞

（1）普 這棟樓，背山面海，不但風景優美，而且空氣清新。

粵 呢個樓盤背山面海，唔單止風景優美，空氣仲好清新㗎。

（2）普 沿海漁村的漁民，不但生活好了，收入多了，而且教育水平也提高了。

粵 沿海漁村嘅漁民，唔單止生活好咗，收入多咗，教育水準仲提高咗㗎。

（3）普 駿豪不僅書唸得好，而且各項體育運動也很棒。

粵 駿豪唔止書讀得好，體育運動仲樣樣都咁叻㗎。

2. 句尾語氣詞

（1）　普　老師上課説了什麼來着，你還記得嗎？

　　　　粵　老師上堂講過乜嘢嘅嘅，你記唔記得呀？

（2）　普　這個公園種了各種各樣的花，像玫瑰呀、菊花呀、
杜鵑哪、芍藥哇、梔子啊，五彩繽紛，真漂亮啊。

　　　　粵　呢個公園種咗好多種花，好似玫瑰呀、菊花呀、杜
鵑呀、芍藥呀、梔子呀，七彩繽紛，真係靚啊。

（3）　普　這所學校是胡先生捐款蓋的。

　　　　粵　呢間學校係胡先生捐錢起嘅。

3. 句前嘆詞

（1）　普　嘿，你的手提電話還沒修好嗎？

　　　　粵　吓，你部手機仲未整番呀？

（2）　普　呵，這洗手間怎麼那麼髒啊！

　　　　粵　咦，個廁所咁邋遢嘅！

（3）　普　嚄！那麼大的一棵聖誕樹，真沒見過。

　　　　粵　嘩！咁大棵聖誕樹，真係未見過嘞。

4. 擬聲詞

（1）　普　小雲忍不住哧的一聲笑了出來。

　　　　粵　小雲忍唔住咭一聲笑咗出嚟。

（2）　普　現在在香港，年三十晚上已經聽不到街上傳來劈劈
啪啪的鞭炮聲了。

　　　　粵　依家係香港，年三十晚已經聽唔到街度傳嚟劈嚦啪嘞嘅
炮仗聲喇。

（3）**普** 酒店房間的水管子一整晚滴滴嗒嗒地漏水，吵得人睡不着。

粵 酒店房個水喉成晚啲啲嗒嗒咁漏水，嘈到人瞓唔到。

三、練習

1. 試按下列音節的聲調順序，各寫一個常用字。

例　ju　：___居___　___局___　___舉___　___據___

（1）jiao　：_____　_____　_____　_____

（2）jie　：_____　_____　_____　_____

（3）qiao　：_____　_____　_____　_____

（4）qie　：_____　_____　_____　_____

（5）xiao　：_____　_____　_____　_____

（6）xie　：_____　_____　_____　_____

2. 試把下面的粵語句子翻譯成普通話。

（1）呢架巴士冷氣唔夠，好焗！

答：_____

（2）魏敏玲唔單止人生得靚、心地好，仲好勤力好學㗎。

答：_____

（3）頭先我仲見到細劉，一轉眼就唔見咗佢喇。

答：_____

（4）哎呀，隻紙鷂飛走咗啦！

答：_____

(5) 喺班房度吱吱喳喳嘈喧巴閉，好影響其他同學上堂學嘢。

答：_____

3. 請讀出下列單字，然後把聲母相同的字用線連在一起。

zh	這	唇	唱	柔	日	r
ch	出	者	弱	成	升	sh
sh	疏	軟	真	上	抽	ch
r	然	說	石	正	知	zh

4. 試讀出下列詞語，選出與例詞發音相同的詞語。

例	記敍	Ⓐ 繼續	B 技術	C 蜘蛛	D 雞胸
(1)	攜帶	A 懈怠	B 借貸	C 還貸	D 鞋帶
(2)	地域	A 抵禦	B 地獄	C 地位	D 地殼
(3)	毅力	A 藝伎	B 一例	C 屹立	D 一粒
(4)	長城	A 長程	B 城牆	C 長情	D 長征
(5)	事例	A 實力	B 勢力	C 失利	D 私立
(6)	京戲	A 今昔	B 精細	C 金器	D 驚異
(7)	經營	A 晶瑩	B 金銀	C 精英	D 浸染
(8)	演示	A 人事	B 隱私	C 掩飾	D 音質
(9)	童心	A 同行	B 童星	C 銅絲	D 同心
(10)	榴槤	A 樓宇	B 流言	C 牛年	D 留連

5. 請將下列漢字填入下表的空格內。

升	四	池	自	色	吸	抄	村	災
結	知	春	紙	強	詞	歇	群	僧
摘	旗	嬌	操	興	濕	雜	說	雞

聲母	同聲母的漢字	聲母	同聲母的漢字	聲母	同聲母的漢字
j		zh		z	
q		ch		c	
x		sh		s	

6. 前後鼻韻母分辨：朗讀下列詞語，在相應的漢語拼音前加 ✓。

(1) 人民 ☐ rénmín ☐ réngmíng

(2) 英明 ☐ yīnmín ☐ yīngmíng

(3) 審判 ☐ shěnpàn ☐ shěngpàng

(4) 強項 ☐ qiánxiàn ☐ qiángxiàng

(5) 賓館 ☐ bīnguǎn ☐ bīngguǎng

(6) 芳香 ☐ fānxiān ☐ fāngxiāng

第4課 字母 y, w 和隔音符號的用法

一、普通話語音

（一）字母 y, w 的用法

　　y, w 開頭的音節稱為零聲母音節。在普通話語音裏，一個音節的開頭如果是 i, u, ü 而自成音節（i, u, ü 之前沒有聲母）時，就把那獨立成為一個音節的 i, u, ü 寫作 yi, wu, yu。其規律見下表：

1. 以 i 開頭的韻母

拼音寫法	yī	yā	yē	yāo	yōu	yān	yīn	yāng	yīng	yōng
字例	衣	鴨	椰	邀	憂	煙	因	央	英	擁

2. 以 u 開頭的韻母

拼音寫法	wū	wā	wō	wāi	wēi	wān	wēn	wāng	wēng
字例	烏	哇	窩	歪	威	彎	溫	汪	翁

3. 以 ü 開頭的韻母

拼音寫法	yū	yuē	yuān	yūn
字例	淤	約	冤	暈

（二）隔音符號

當韻母 a，o，e 和 a，o，e 開頭的韻母自成音節，並連接在其他音節的後面時，為使音節的界限清晰，我們必須加上隔音符號 「'」。如果前面並沒有與其他音節相連，則不需要使用隔音符號。例如：

需使用隔音符號的例詞	治安 zhì'ān	幼兒 yòu'ér	欣澳 Xīn'ào	恩愛 ēn'ài
不需使用隔音符號的例詞	安全 ānquán	兒童 értóng	澳門 Àomén	愛情 àiqíng

二、知識窗：新潮的網絡詞語

網絡詞語包括漢字詞語、字母符號、數字、圖形符號等等。網絡詞語是現代漢語新詞新語產生的一個來源，有的網絡詞語已經成為規範詞語庫中的一部分，例如：

版主	帖子	跟帖	防火牆	筆記本（電腦）
點讚	登錄	發帖	點擊	桌面
網蟲	網卡	網頁	網友	網民
網吧	網店	網購	網站	網址
網癮	網戀	洗版	團購	視頻

在資訊時代，網絡詞語會大量產生，我們要以既積極又慎重的態度對待它。有的網絡詞語使用的壽命很短，用過一陣之後就消失了，這是詞彙在語言交際的新時代中產生的很正常的現象。

三、練習

1. 填空：試將下列零聲母詞語的漢字，分別寫在橫線上。

慰問　委婉　押韻　玩味　威武　盈餘　淵源　游泳

意義　預約　瘟疫　擁有　逾越　醫藥　願望

(1) yīyào _____

(2) yóuyǒng _____

(3) yìyì _____

(4) yōngyǒu _____

(5) yíngyú _____

(6) wèiwèn _____

(7) wánwèi _____

(8) wěiwǎn _____

(9) wēiwǔ _____

(10) wēnyì _____

(11) yùyuē _____

(12) yúyuè _____

(13) yuānyuán _____

(14) yāyùn _____

(15) yuànwàng _____

2. 填歌曲名稱。以下是二十首流行歌曲名的拼音，請把它們譯寫成漢語，然後填入圖中適當的位置。

橫		縱	
A	rúguǒ méiyǒu nǐ	1	xiǎo píngguǒ
B	wǒ bú yuàn ràng nǐ yí gè rén	2	nǐ ài wǒ xiàng shéi
C	gěi wǒ yì shǒu gē de shíjiān	3	bàn gè rén

D	dàochù dōu shì ài	4	shíjiān dōu qù nǎ le
E	shuō ài nǐ	5	yí gè rén xiǎngzhe yí gè rén
F	gūdān de běibànqiú	6	nǐ bǎ wǒ guànzuì
G	bàba qù nǎr	7	nǐ bù zhīdào de shì
H	nánrén bù gāi ràng nǚrén liúlèi	8	yuàn dé yì rén xīn
I	wǒ hǎo xiǎng nǐ	9	jìmò xīngqiú
J	zuì shúxī de mòshēngrén	10	yǎnlèi chéng shī
K	jìmò jìmò jiù hǎo	11	rúguǒ nǐ yě tīngshuō

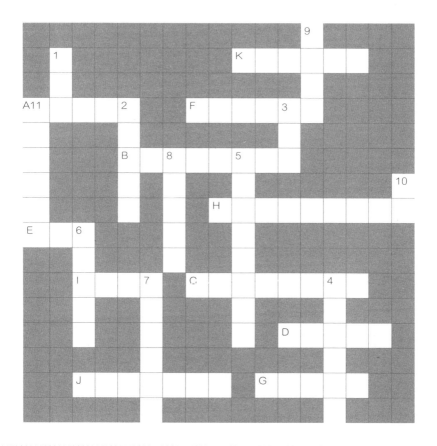

一、普通話語音

（一）變調

1. 上聲連讀變讀

「上聲連讀」變調，又稱「三聲連讀變調」，指的是第三聲連續讀出時的不同讀法。第三聲的音變，主要可以分為以下三類：

（1）第三聲讀作原調

第三聲在三種情況下會讀作原調（214 或 2114）：

① 單字出現時

例：好 hǎo　我 wǒ　你 nǐ　姐 jiě

② 詞語的最後一字

例：地鐵 dìtiě　健美 jiànměi　燒烤 shāokǎo

　　石硤尾 Shíxiáwěi

③ 句子最後一個字

例：他人很好。Tā rén hěn hǎo.

　　小珍打的去機場。Xiǎozhēn dǎdī qù jīchǎng.

（2）第三聲讀作半三聲（21 或 211）

理論上第三聲要讀全調（214 或 2114），但在説話的自然語流中，很難保持完整的降升調，所以通常只唸「半三聲」，也就是前半調，調值為 21 或 211。

① 第三聲在第一聲前

例：閃失 shǎnshī　　體積 tǐjī　　指揮 zhǐhuī

② 第三聲在第二聲前

例：水池 shuǐchí　　酒瓶 jiǔpíng　　旅行 lǚxíng

③ 第三聲在第四聲前

例：跑步 pǎobù　　踴躍 yǒngyuè　　璀璨 cuǐcàn

（3）兩個或以上的三聲連讀

當兩個或兩個以上的三聲字相連時，聲調會有以下幾種改變（以下第三聲按實際讀音標調）：

① 單單格 ˇ + ˇ ⟶ ˊ + ˇ

例：小組 xiáozǔ　　古典 gúdiǎn　　洗手 xíshǒu
　　表姐 biáojiě

② 雙單格 ˇ ˇ + ˇ ⟶ ˊ ˊ + ˇ

例：水果酒 shuíguójiǔ　　　表演者 biáoyánzhě
　　展覽館 zhánlánguǎn　　水彩筆 shuícáibǐ

③ 單雙格 ˇ + ˇ ˇ ⟶ ˇ + ˊ ˇ

例：小拇指 xiǎo múzhǐ　　炒米粉 chǎo mífěn
　　有水準 yǒu shuízhǔn　　買手錶 mǎi shóubiǎo

④ 多音節三聲連讀，根據語意分段變讀。

例：我也有理想。Wó yé yǒu líxiǎng.

小美買了九百九十九朵玫瑰。Xiáoměi mǎile jiúbǎi jiǔshíjiǔ duǒ méigui.

2.「一」、「不」的變調

「一」的原調是第一聲，「不」的原調是第四聲，但當它們後面接讀其他聲調的字時，「一」和「不」的聲調有時就會改變。本書中「一」、「不」的拼音按變調處理。

（1）「一」的變調

「一」的變調是指「一」在不同的音節前面變換成不同調值的現象，共有四種不同的讀法。

		說明	調值	例子
①	讀作原調	單獨使用（數字）	一	一、二、一 一號 一是一
		序數詞或年代		第一年 第一代 一九一一
		詞語和句子的末尾		統一 唯一 大小不一 他們二人的感情始終如一。
		三位或以上的數字連讀*		1201 號房間 98121611 116 路巴士
②	在第四聲前變讀第二聲		ˊ ˋ	一夜 一對 一個 一件

	說明	調值	例子
③	在第一、二、三聲前變讀第四聲	ˋ －	一天　一雙　一家　一般
		ˋ ˊ	一年　一成　一節　一層
		ˋ ˇ	一點　一匹　一本　一把
④	夾在詞語中變讀輕聲	╳·╳	想一想　看一看　學一學

* 註：口語中有時會將數字「一」yī，讀為 yāo，以免與其他數字混淆。

（2）　「不」的變調

「不」的變調是指「不」在不同的音節前讀不同的調值。「不」原聲調讀為第四聲，可以分為以下三類：

	說明	調值	例子
①	在第四聲前變讀第二聲	ˊ ˋ	不看　不會　不問　不算
②	在第一、二、三聲前仍讀第四聲	ˋ －	不聽　不說　不哭　不知
		ˋ ˊ	不靈　不行　不談　不停
		ˋ ˇ	不買　不冷　不講　不懂
③	夾在詞語中變讀輕聲	╳·╳	走不走　對不起　管不着

（二）「啊」的音變

普通話中的語氣助詞「啊」，由於受到前面一個音節韻母末尾音素的影響而發生音變，其規律如下：

「啊」前一音節尾的音素（即最後一個字母）	音變	例子		寫法
a, o(uo), e, ê i, ü	ya	他啊 找啊 說啊 真熱啊 注意啊 吃魚啊	tā ya zhǎo ya shuō ya zhēn rè ya zhùyì ya chī yú ya	呀
u (ao)	wa	沒輸啊 快跑啊 太少啊	méi shū wa kuài pǎo wa tài shǎo wa	哇
-n	na	難啊 討論啊	nán na tǎolùn na	哪
-ng	nga	行啊 有用啊	xíng nga yǒu yòng nga	啊
zhi, chi, shi, ri, 兒化	ra	哪兒啊 吃啊 有事啊 生日啊	nǎr ra chī ra yǒu shì ra shēngrì ra	啊
zi, ci, si	za	要死啊 真次啊 寫字啊	yào sǐ za zhēn cì za xiě zì za	啊

二、知識窗：生動活潑的社區詞

在使用現代漢語的不同社會區域，流通着一些社區詞。社區詞（community expression）是指某個社區使用的，並反映該社區政治、經濟、文化的特有詞語。例如，中國內地的「三講」、「宏觀調控」、「菜籃子工程」，香港的「房奴」、「強積金」、「生果金」，台灣的「陸生」、「拜票」、「走路工」。

香港是世界大都會，是國際金融中心，流通着很多香港社區詞。

例如，關於股票的詞語，就有不少生動的說法：

金魚缸	形象地比喻位於香港中環的中央交易所，是股票交投之地。
大閘蟹	大閘蟹是秋天香港人愛吃的美味。大閘蟹被草繩捆綁着，動彈不得，這種樣子被形容為股票市場下跌時，被股票、證券捆綁住的小股民。「大閘蟹」由此多了個比喻義。
鱷魚潭	股市上下波動未卜，投資者可能會血本無歸，如跌入鱷魚潭般險惡。能在股票市場興風作浪的，就被比喻為「大鱷」。
牛市	股票升。
熊市	股票跌。
魚市	股市忽高忽低。內地叫「猴市」。

還有很多和香港社會生活直接有關係的社區詞。住房是香港市民最關心的問題，在香港，有各類不同房屋的名稱，諸如：「公屋」、「居屋」、「丁屋」；還有居住條件不佳或居住擁擠的「籠屋」、「劏房」、「板間房」；條件好的「私人物業」叫「豪宅」；臨海具有「無敵海景」的叫「海景樓」。這些不同的房屋名稱，都在香港社會流通。新加坡政府為解決房屋問題，興蓋的是「組屋」；與「公屋」、「組屋」差不多的情況，中國內地叫「經濟適用房」，台灣叫「國民住宅」。

在使用現代漢語的不同社會區域，流通着不同的社區詞。世界進入互聯網時代，我們要和各地的中國人交流，要和世界各地的華人交流，就要注意擴大自己的詞彙量，開闊眼界，熟

悉和瞭解其他社區的社區詞。

中國內地、香港、台灣社區詞舉例：

中國內地	香港	台灣
經濟適用房	公屋、居屋	國民住宅
志願者	義工	志工
地鐵	地鐵	捷運
知識產權	知識產權	智慧財產權
公安局、派出所	警署	警察局、派出所

三、練習

1. 朗讀下列詞語，並為詞語中的「一」、「不」標出它們的變調。

（　）　　　　　　（　）　　　　　　（　）　　　　　　　　（　）
（1）一杯　　（2）唯一　　（3）一會兒　　（4）第一

（　）　　　（　）（　）　　　（　）（　）　　　（　）（　）
（5）說一說　（6）一心一意　（7）一模一樣　（8）一朝一夕

（　）　　　　　（　）　　　　　（　）　　　　　　（　）
（9）不對　　（10）不好　　（11）對不起　　（12）差不多

（　）（　）　　　（　）（　）　　　（　）（　）　　（　）（　）
（13）不聞不問　（14）不清不楚　（15）不見不散　（16）不離不棄

2. 試讀出下列句子，並找出「啊」的實際讀音，用線將二者相連。

（1） 打招呼啊！   •   • na

（2） 你多吃點兒，別客氣啊！   •

（3） 他是誰啊！   •   • ra

（4） 你說啊！   •

（5） 兒子啊，天氣冷了，要多穿點兒。   •   • wa

（6） 你快去報名啊！   •

（7） 你這個人真粗心啊！   •   • ya

（8） 好啊！我們一塊兒去。   •

（9） 別往那兒走，這小巷很暗啊。   •   • nga

（10） 今天是誰的生日啊！   •

（11） 你的錢包放哪裏了，我沒找着啊！   •   • za

（12） 你怎麼才說一半兒啊？   •

3. 請將下列韻母歸類。

a	ua	o	en	e	ong	üan	iou
ia	ueng	üe	an	ie	iong	in	u

單韻母 ＿＿＿＿＿＿＿＿＿＿＿＿＿＿＿＿＿＿＿＿＿＿

複韻母 ＿＿＿＿＿＿＿＿＿＿＿＿＿＿＿＿＿＿＿＿＿＿

鼻韻母 ＿＿＿＿＿＿＿＿＿＿＿＿＿＿＿＿＿＿＿＿＿＿

第6課　普通話的輕聲和兒化韻

一、普通話語音

（一）普通話的輕聲

在普通話裏，每一個音節都有特定的聲調，但是部分音節在詞和句子中會失去它原有的聲調，變得較為模糊、短促、弱化，這就是輕聲。可以説，輕聲是普通話聲調的特殊變化。

輕聲總是附着在別的音節後面，或者加在詞語中間。輕聲音節沒有固定的音高，它的音高由前一個音節的調值決定。一般的規律是陰平（第一聲）、陽平（第二聲）字後面的輕聲比較低，上聲（第三聲）字後的輕聲最高，去聲（第四聲）字後的輕聲最低。請看下表：

（二）輕聲的規律

輕聲不是一種單純的語音現象，它跟詞彙、語法都有密切的關係。漢語中有些語法成分要讀輕聲，它們有較強的規律性。（以下加點的字讀輕聲）

1. 名詞或代詞的後綴：們、子、頭、麼。

例：我們　他們　孩子　桌子　饅頭　丫頭　什麼　怎麼

2. 結構助詞：的、地、得。

例：我的書　慢慢地說　做得好
▲

3. 動態助詞：着、了、過。

例：看着我　吃了飯　去過西安
▲

4. 語氣助詞：啊、嗎、呢、吧、啦。

例：好啊　好嗎　他呢　坐吧　走啦
▲

5. 疊音名詞。

例：爸爸　媽媽　哥哥　星星　娃娃
▲

6. 單音節動詞重疊的第二個音節。

例：看看　聊聊　聽聽　試試　走走
▲

7. 夾在固定結構詞組中的「一」和「不」。

例：說一說　想一想　嚐一下　等一下　要不要　受不了
▲
　　管不着　想不通

8. 名詞、代詞後的方位詞「裏」、「上」、「下」。

例：家裏　哪裏　屋裏　抽屜裏　桌上　海上　手上
▲
　　沙發上　地下　樓底下　腳底下　床底下

9. 動詞、形容詞後的趨向動詞。

例：出去　進來　過來　走出去　跑進來　拿過來
▲
　　說下去

（三） 沒有規律的輕聲

不少香港人認為輕聲很難學，因為有些輕聲詞是沒有規律的，如「喜歡」、「學問」、「商量」等。要掌握普通話輕聲，必須記住這些沒有規律的輕聲。其中，部分是習慣性的輕聲，部分則有區別詞義和區別詞性的作用。

1. 習慣性的輕聲

幫手 bāngshou	親戚 qīnqi	豆腐 dòufu
部分 bùfen	差事 chāishi	畜生 chùsheng
窗戶 chuānghu	湊合 còuhe	大夫 dàifu
燈籠 dēnglong	點心 diǎnxin	哆嗦 duōsuo
鑰匙 yàoshi	姑娘 gūniang	厚道 hòudao
見識 jiànshi	磨蹭 móceng	暖和 nuǎnhuo
朋友 péngyou	便宜 piányi	漂亮 piàoliang
清楚 qīngchu	認識 rènshi	商量 shāngliang
上司 shàngsi	頭髮 tóufa	休息 xiūxi
合同 hétong	折騰 zhēteng	轉悠 zhuànyou

2. 區別詞義的輕聲

		非輕聲	輕聲
（1）	大人	dàrén 敬詞：稱長輩。 （多用於書信）	dàren ① 成人。 ② 舊時稱地位高的官長。

		非輕聲	輕聲
（2）	大爺	dàyé 指不好勞動、傲慢任性的男子。	dàye ① 伯父。 ② 尊稱年長的男子。
（3）	德行	déxíng 道德和名望。	déxing 譏諷人的話，表示看不起對方的儀容、舉止、行為、作風等。
（4）	東西	dōngxī ① 方位詞：東邊和西邊。 ② 指從東到西的距離。	dōngxi ① 泛指各種具體的或抽象的事物。 ② 特指人或動物，一般含有厭惡或喜愛的感情。
（5）	廢物	fèiwù 失去原有使用價值的東西。	fèiwu 比喻沒有用的人。 （罵人的話）
（6）	精神	jīngshén ① 名詞：人的意識、思維活動和一般心理狀態。 ② 名詞：宗旨、主要的意義。	jīngshen ① 名詞：表現出來的活力。 ② 形容詞：活躍、有生氣。 ③ 形容詞：英俊，相貌、身材好。
（7）	孫子	Sūnzǐ 孫武，中國古代軍事家。	sūnzi 兒子的兒子。
（8）	實在	shízài ① 形容詞：誠實不虛假。 ② 副詞：的確。 ③ 副詞：其實。	shízai 形容詞：（工作、活兒）扎實、地道、不馬虎。
（9）	兄弟	xiōngdì 哥哥和弟弟。	xiōngdi 弟弟或年紀比自己小的男人。

3. 區別詞性的輕聲

		非輕聲	輕聲
(1)	擺設	bǎishè 動詞 把物品（多指藝術品）按照審美觀點安放。 例：把客廳的沙發和茶几**擺設**好。	bǎishe 名詞 ① 擺設的東西，多指供欣賞的藝術品。 例：客廳裏的**擺設**十分雅致。 ② 比喻中看不中用的東西。
(2)	便當	biàndāng 名詞 盒飯。	biàndang 形容詞 方便、順手、簡單，容易的意思。 例：這裏乘車很**便當**。
(3)	大意	dàyì 名詞 主要的意思。 例：文章的段落**大意**。	dàyi 形容詞 疏忽、不注意。
(4)	地道	dìdào 名詞 在地面下掘成的交通坑道。	dìdao 形容詞 ① 真正是由名產地出產的。 ② 正宗的。
(5)	灌腸	guàncháng 動詞 一種醫療措施。	guànchang 名詞 食品，一種小吃。
(6)	花費	huāfèi 動詞 因使用而消耗掉。	huāfei 名詞 消耗的錢。
(7)	人家	rénjiā 名詞 住戶。	rénjia 代詞 自己或別人。
(8)	世故	shìgù 名詞 處世經驗。	shìgu 形容詞 處事圓滑，不得罪人。
(9)	上頭	shàngtóu 動詞 ① 舊時女子未出嫁時梳辮子，臨出嫁才把頭髮攏上去結成髮髻，叫作上頭。 ② 指喝酒後引起頭暈、頭疼。	shàngtou 名詞 ① 指上面。 ② 指上級、上司。

（四）普通話的兒化韻

「兒化韻」是指一個音節後邊帶上了捲舌元音 er。在連讀中，由於 er 常常作名詞的詞尾，於是產生了音變，er 漸漸失去了獨立性，和它前面的音節融合成一個音節，只留下因捲舌動作而產生的短而弱的兒化韻尾 -r。例如「花兒」一般讀作 huār，而不是 huā'ér。這種變化了的韻母叫兒化韻。

1. 兒化韻的功用

兒化韻主要有以下五種作用：

（1）表示特別的感情色彩（如喜愛、鄙薄、輕蔑、親切、溫和等）。

小偷兒 xiǎotōur	小流氓兒 xiǎoliúmángr	
老頭兒 lǎotóur	老伴兒 lǎobànr	大嬸兒 dàshěnr
小孩兒 xiǎoháir	慢慢兒 mànmānr	好玩兒 hǎowánr

（2）形容東西細、小、輕、微，或者時間短暫。

冰棍兒 bīnggùnr	小花兒 xiǎohuār	小狗兒 xiǎogǒur
小病兒 xiǎobìngr	小事兒 xiǎoshìr	沒事兒 méishìr
一會兒 yíhuìr	待會兒 dāihuǐr	

（3）有縮寫作用的兒化韻。

這裏 zhèli ── 這兒 zhèr	哪裏 nǎli ── 哪兒 nǎr
明天 míngtiān ── 明兒 míngr	天氣 tiānqì ── 天兒 tiānr

（4）區別詞義的兒化韻。

	非兒化韻	兒化韻
風	fēng 風 空氣流動產生的現象。 例：我們在沙灘上走着，吹着海**風**，真舒服。	fēngr 風兒 消息、風聲。 例：你收到什麼加工資的**風**兒了？
末	mò 末 東西的梢、盡頭。 例：上世紀**末**，這裏曾發生過一場瘟疫。	mòr 末兒 粉末。 例：把藥研成**末**兒。
白麵	báimiàn 白麵 小麥磨成的粉。 例：我最愛吃用**白麵**做的饅頭。	báimiànr 白麵兒 指作為毒品的海洛因。因為是白色晶體粉末，所以叫白麵兒。 例：**白麵**兒是毒品，年青人別因為好奇而嘗試。
半天	bàntiān 半天 時間長。 例：等了**半天**，他還是沒來。	bàntiānr 半天兒 一個上午或者一個下午。 例：用**半天**兒的時間就可以把活兒做完。
火星	huǒxīng 火星 太陽系八大行星之一。 例：他最大的夢想是可以到**火星**去旅行。	huǒxīngr 火星兒 極小的火。 例：鐵錘打在石頭上，迸出了不少**火星兒**。
沒門	méimén 沒門 沒有門。 例：這房子**沒門**，怎麼進去呀？	méiménr 沒門兒 ① 沒有門路，沒有辦法。 ② 表示不可能。 ③ 表示不同意。 例：你想走後門兒？**沒門**兒！
一點	yīdiǎn 一點 時間單位。 例：現在已經是凌晨**一點**了，你怎麼還不睡？	yìdiǎnr 一點兒 表示少量。 例：你別把這**一點**兒小事兒放在心裏。

（5）區別詞性的兒化韻。

	非兒化韻	兒化韻
包	bāo 包 動詞：用紙、布等把東西裹起來。 例：把聖誕禮物**包**起來。	bāor 包兒 名詞：裝東西的口袋。 例：他把東西全都放進**包**兒裏了。
火	huǒ 火 ① 名詞：物體燃燒時發出的光焰。 ② 名詞：火氣。 例：你老吃火鍋，很容易上**火**。	huǒr 火兒 ① 動詞：生氣、發怒。 ② 名詞：怒氣。 例：還沒說幾句，他的**火**兒就上來了。

2. 兒化韻的讀法

　　香港人學兒化韻時主要有兩個難點，一是不會捲舌，二是捲舌的時間沒有掌握好。發兒化韻時，要在發元音的同時捲舌，若等發完韻母再捲舌，那就成了兩個音節，就不是兒化韻了。如：白兔兒，應該發成 báitùr 而不是 báitù'ér；筆尖兒，應該發成 bǐjiār 而不是 bǐjiān'ér。

　　要想學好兒化韻，必須注意兒化韻在實際發音時會發生改變或失去韻尾的現象。兒化韻的發音規律如下：

（1）韻母是 a, o, e, u, ia, ua, ao, ou, uo, iao, iou 的音節：主要元音或韻尾基本不變，加捲舌動作。

例
▲
板擦兒 bǎncār　　挨個兒 āigèr　　水珠兒 shuǐzhūr

山坡兒 shānpōr　　一下兒 yíxiàr　　幹活兒 gànhuór

豆芽兒 dòuyár　　土豆兒 tǔdòur

(2) 韻母是 i, ü 的音節：保留 i, ü，在後加上 er。

例 墊底兒 diàndǐr — diàndǐer　小魚兒 xiǎoyúr — xiǎoyúer
　　小旗兒 xiǎoqír — xiǎoqíer　有趣兒 yǒuqùr — yǒuqùer

(3) 韻母是 -i（即與舌尖前聲母 z, c, s 和舌尖後聲母 zh, ch, sh 拼合的 -i）的音節：失去原韻母 -i，變成了 er。

例 魚刺兒 yúcìr — yúcer　　寫字兒 xiězìr — xiězer
　　樹枝兒 shùzhīr — shùzher　果汁兒 guǒzhīr — guǒzher

(4) 韻母以 i, -n 為韻尾的音節（韻母 in, ün 除外）：失去韻尾 i, -n，變成主要元音加捲舌動作。

例 一塊兒 yíkuàir — yíkuàr　　小孩兒 xiǎoháir — xiǎohár
　　一點兒 yìdiǎnr — yìdiǎr　　好玩兒 hǎowánr — hǎowár

(5) 韻母以 -ng 為韻尾的音節（韻母 ing 除外）：失去韻尾 -ng，前面主要元音鼻化（用 ~ 表示鼻化），同時加上捲舌動作。

例 藥方兒 yàofāngr — yàofãr
　　沒空兒 méikòngr — méikõr
　　蜜蜂兒 mìfēngr — mìfẽr
　　長相兒 zhǎngxiàngr — zhǎngxiãr

(6) 韻母是 in, ün, ing 的音節：in, ün 失去韻尾 -n，主要元音加上 er；ing 失去韻尾 -ng，主要元音加上 er。

例 手印兒 shǒuyìnr — shǒuyìer
　　花裙兒 huāqúnr — huāqúer
　　沒勁兒 méijìnr — méijìer
　　使勁兒 shǐjìnr — shǐjìer

電影兒 diànyǐngr — diànyǐer

花瓶兒 huāpíngr — huāpíer

二、知識窗：漢語詞彙的瑰寶——成語

成語是人們長期以來慣用的、簡潔精闢的、已經定型的短語，不僅數量大，而且富有表現力。要注意的是，粵語裏的成語有時與普通話的成語僅有一字之差，例如：普通話說「包羅萬象」，粵語說「包羅萬有」；普通話說「異想天開」，粵語說「妙想天開」。以下附有粵普成語對照表，以助大家瞭解對比。

常見粵普成語對照表

粵語	普通話	例子
一日到黑	一天到晚	他一天到晚忙個不停。
三心兩意	三心二意	你別再三心二意了！
豬朋狗友	狐朋狗友	他交了一群狐朋狗友。
轉彎抹角	拐彎抹角	別拐彎抹角了，直說吧！
窿窿罅罅	犄角旮旯兒	我犄角旮旯兒都翻遍了，還是沒有。
妙想天開	異想天開	你真是異想天開。
時米運到	時來運轉	你真是時來運轉了。
行雷閃電	打雷打閃	冬天打雷打閃不正常。
水浸眼眉	火燒眉毛	都火燒眉毛了，你還磨蹭！
有頭有面	有頭有臉	那可是個有頭有臉的人物。
過橋抽板	過河拆橋	過河拆橋的事可不能幹。
神乎其技	神乎其神	他表演的魔術神乎其神。

粵語	普通話	例子
牛高馬大	人高馬大	他人高馬大，力氣也大。
花哩胡碌	花裏胡哨	她穿得花裏胡哨的。
蛇頭鼠眼	獐頭鼠目	那個人長得獐頭鼠目的。
多除少補	多退少補	先交這些錢，到時多退少補。

三、練習

1. 成語接龍：

請你將以下 33 條成語的拼音譯成漢字，然後由 「一帆風順」 的 「順」 字開始，將餘下的 30 條成語全部填入圖中。注意每個成語的第一個字必須和前一個成語的最後一個字相同並重疊。

（1）yìfān-fēngshùn 船掛滿帆，一路順風而行。

（2）shùnshǒu-qiānyáng 比喻乘機取走他人財物。

（3）yángrù-hǔkǒu 比喻置身於危險的境地，必死無疑。

（4）kǒuruò-xuánhé 說起話來像瀑布一樣滔滔不絕。比喻能言善辯。

（5）héqīng-hǎiyàn 比喻天下太平。

（6）yàn'ān-dāndú 指貪圖安逸享樂等於飲毒酒自殺。

（7）dúshé-měngshòu 泛指對人類生命有威脅的動物。比喻殘暴者。

（8）shòujù-niǎosàn 比喻聚散無常。也比喻烏合之眾。

（9）sàndài-héngmén 指退官閒居或過隱居生活。

（10）méndāng-hùduì　舊時指男女雙方的社會地位和經濟情況相當，結親很適合。

（11）duìjiǔ-dānggē　原意指人生時間有限，應有所作為。後也用來指及時行樂。

（12）gēwǔ-shēngpíng　邊歌邊舞，慶祝太平。有粉飾太平的意思。

（13）píngdàn-wúqí　指事物或詩文平平常常，沒有吸引人的地方。

（14）qízhēn-yìbǎo　珍異難得的寶物。

（15）bǎodāo-bùlǎo　比喻雖然年齡已大或脫離本行已久，但功夫技術並沒減退。

（16）lǎotài-lóngzhōng　形容年老體衰，行動不靈便。

（17）zhōnggǔ-zhuànyù　形容富貴豪華的生活。

（18）yùchéng-qíshì　成全某件好事。

（19）shìbú-guòsān　指同樣的事不宜連做三次。

（20）sānrén-chénghǔ　比喻説的人多了，就能使人們把謠言當事實。

（21）hǔkǒu-táoshēng　比喻逃脫極危險的境地僥倖活下來。

（22）shēnghuā-miàobǐ　比喻傑出的寫作才能。

（23）bǐfá-kǒuzhū　從口頭和書面上對壞人壞事進行揭露和聲討。

（24）zhūbào-tǎonì　討伐兇暴、叛逆之人。

（25）nìěrzhīyán　聽起來不舒服的話。（多指尖銳、中肯的勸告或批評）

（26）yánguīyúhǎo　指彼此重新和好。

（27）hàoyì-wùláo　貪圖安逸，厭惡勞動。

（28）láokǔ-gōnggāo　出了很多力，吃了很多苦，立下了很大的功勞。

（29）gāobùkěpān　形容難以達到。也形容人高高在上，使人難以接近。

（30）pānlóng-fùfèng　指巴結投靠有權勢的人以獲取富貴。

（31）fènggē-luánwǔ　神鳥歌舞。比喻美妙的歌舞。

（32）wǔwén-nòngmò　故意玩弄文筆。原指曲引法律條文作弊。後常指玩弄文字技巧。

（33）mòshǒu-chéngguī　指思想保守，守着老規矩不肯改變。

一	帆	風	順				
歌							
當							
酒							晏
對							安
							酖
							毒

2. 粵語的成語與普通話的成語，常常只有一字之差，你知道以下成語的普通話說法嗎？把答案寫在橫線上。

	粵語成語	普通話成語
（1）	一時三刻	一時＿＿會
（2）	三番四次	三番＿＿次
（3）	坐吃山崩	坐吃山＿＿
（4）	加鹽加醋	添＿＿加醋
（5）	不經不覺	不＿＿不覺
（6）	急不及待	＿＿不及待
（7）	有頭有面	有頭有＿＿
（8）	天花龍鳳	天花＿＿＿＿

3. 把下面應該讀作輕聲的詞語圈出來。

（1）啞巴 （2）腦袋 （3）擬聲 （4）調節 （5）漂亮 （6）投靠

（7）鮮明 （8）餃子 （9）海島 （10）名字 （11）假設 （12）厚道

4. 普通話中的「子」。

　　普通話中很多帶「子」字的詞都讀輕聲，如「鼻子」、「椅子」。但有不少人誤以為凡是有「子」的詞都讀輕聲。其實，讀輕聲的「子」大多數都是後綴，沒有實際意義。但有些帶「子」的詞，「子」字有實際意義，不能讀輕聲，一定要讀原調。如「蓮子」的「子」，意思是「蓮蓬的子」；「男子」的「子」指「人」。請在橫線上寫出「子」字的漢語拼音，再把它讀出來：

（1） 這把梳子＿＿＿＿很漂亮。

（2） 原子＿＿＿＿彈的威力很大。

（3） 他沒事的時候很喜歡嗑瓜子＿＿＿＿。

（4） 女子＿＿＿＿中學不收男生。

（5） 王先生不喜歡吃栗子＿＿＿＿。

（6） 田先生喜歡讀《孫子＿＿＿＿兵法》。

（7） 杯子＿＿＿＿、被子＿＿＿＿不分是廣東人常見的毛病。

（8） 子＿＿＿＿曰：「學而時習之，不亦說乎？」

5. 下列句子中，選出哪個劃線詞是輕聲詞。

（1） A 老<u>地方</u>見!

　　 B 總書記是中央領導，省長是<u>地方</u>幹部。

（2） A 他們<u>兄弟</u>倆都來了。

　　 B <u>兄弟</u>，幫幫忙好嗎？

（3） A 你一定要把這篇文章的段落<u>大意</u>搞清楚。

　　 B 你太<u>大意</u>了，怎麼會不見了呢!

（4） A 他以為他<u>老子</u>天下第一呀。

　　 B <u>老子</u>是著名的思想家。

（5） A <u>買賣</u>雙方一定要坐下來好好談判。

　　 B 我們是小<u>買賣</u>，怎麼能賺大錢。

6. 讀一讀句子，在需要的橫線上加「兒」，不需要加「兒」的打 ×。

（1）　李先生説：我今天有空＿＿＿＿，請你們吃飯吧。

（2）　那個穿西裝的是我們的頭＿＿＿＿，他是潮州人＿＿＿＿。

（3）　小明撞到了桌子，頭上起了一個大包＿＿＿＿。

（4）　太太下個月過生日，我想買個包＿＿＿＿給她。

（5）　我最近工作壓力大，常常頭＿＿＿＿疼。

下部

qíngjǐng   duìhuà

情景對話

第 1 課　999 報案熱線
bào'àn rèxiàn

一、課文 🎧1-1

（一）獨留兒童在家中
dúliú értóng zài jiā zhōng

接線員：你好！999 報案中心。
jiē xiàn yuán　Nǐ hǎo!　bào'àn zhōngxīn.

市民：你好！我要報案。我們旁邊那*家
shì mín　Nǐ hǎo! Wǒ yào bào'àn. Wǒmen pángbiān nà jiā

的大人出去了，只留一個小孩兒在家。
de dàren chūqu le, zhǐ liú yí gè xiǎoháir zài jiā.

接線員：孩子多大？有危險嗎？
jiē xiàn yuán　Háizi duō dà? Yǒu wēixiǎn ma?

市民：三歲多。暫時沒有危險。
shì mín　Sān suì duō. Zànshí méiyǒu wēixiǎn.

接線員：你肯定他一個人在家嗎？
jiē xiàn yuán　Nǐ kěndìng tā yí gè rén zài jiā ma?

市民：肯定！他哭了差不多兩個鐘頭了。
shì mín　Kěndìng! Tā kūle chàbuduō liǎng gè zhōngtóu le.

而且他們家的門沒關，只把鐵門
Érqiě tāmen jiā de mén méi guān, zhǐ bǎ tiěmén

鎖上了，我看得見屋裏的情況，
suǒshang le, wǒ kàndejiàn wū li de qíngkuàng,

我還給他麵包呢。
wǒ hái gěi tā miànbāo ne.

接線員：能找到他們家大人嗎？
jiē xiàn yuán　Néng zhǎodào tāmen jiā dàren ma?

* 註：那，音 nà。口語裏常説 nèi。

shì mín　　　　Méi　bànfǎ zhǎodào tāmen．
市 民　　：沒　辦法　找到　他們　。

jiē xiàn yuán　　Ò ．Nǐ gāngcái shuō　zànshí méiyǒu wēixiǎn　shì
接 線 員　：哦 。你　剛才　說　「暫時　沒有　危險 」是

　　　　　　　　shénme　yìsi ？
　　　　　　　　什麼　意思 ？

shì mín　　　　Tāmen jiā chuānghu méi guān， fángdàochuāng
市 民　　：他們　家　窗戶　沒　關，　　防盜窗

　　　　　　　　tiělángān zhījiān　de jùlí tǐng kuān de，shāfā　jiù
　　　　　　　　鐵欄杆　之間　的 距離 挺　寬　的，沙發　就

　　　　　　　　zài chuānghu xiàmian，wànyī　háizi pá shangqu
　　　　　　　　在　窗戶　下面　，萬一　孩子 爬　上去

　　　　　　　　jiù　zāogāo le ！
　　　　　　　　就　糟糕　了 ！

jiē xiàn yuán　　Nà hěn　wēixiǎn ！Wǒ　mǎshàng　tōngzhī　yǒuguān
接 線 員　：那 很　危險 ！我　馬上　　通知　　有關

　　　　　　　　bùmén　chǔlǐ ！Qǐng nǐ gàosu wǒ dìzhǐ．
　　　　　　　　部門　處理 ！請 你 告訴 我 地址 。

fāshēng　chēhuò
（二） 發生　車禍

jǐng chá　　Zhè li shì　　　bào'àn zhōngxīn．
警 察　：這 *裏是 999 報案　　中心　。

shì mín　　　Zhèli　zhuàngchē le，yǒu rén shòushāng，kuài jiào
市 民　：這裏　撞車　了，有　人　受傷　，快　叫

　　　　　　jiùhùchē lái ！
　　　　　　救護車 來 ！

jǐng chá　　Nǐ zài shénme dìfang ？
警 察　：你 在 什麼　地方 ？

shì mín　　　Zài wǎng Túnmén　fāngxiàng de gāosù gōnglù shang．
市 民　：在　往　屯門　　方向　的 高速　公路　上　。

jǐng chá　　Néng shuōchū nǐ de jùtǐ　wèizhi ma ？Zhōuwéi yǒu
警 察　：能　說出　你 的 具體　位置 嗎 ？周圍　有

*註：這，音 zhè。口語裏常說 zhèi。

tèzhēng míngxiǎn de jiànzhùwù ma?
特徵　明顯　的　建築物　嗎？

市民 shì mín：
Tiān hěn hēi，kàn bù qīngchu！
天　很　黑，看　不　清楚！

警察 jǐng chá：
Lù páng yǒu diànxiàngānzi ma? diànxiàngānzi shang dōu
路　旁　有　電線杆子　嗎？　電線杆子　上　都

yǒu biānhào，nǐ zhǎodào biānhào，gàosu wǒ... dàgài
有　編號，你　找到　編號，告訴　我……大概

yǒu jǐ gè shāngyuán？Yǒu rén bèi kùn ma？
有　幾個　傷員？有　人　被　困　嗎？

市民 shì mín：
Fùjiàshǐ zuòwèi shang de rén bèi kùn，chēmén
副駕駛　座位　上　的　人　被　困，車門

biànxíng，chū bùlái，yào xiāofángyuán yòng diànjù
變形，出　不　來，要　消防員　用　電鋸

cái xíng. Yǒu liǎng gè rén bèi shuǎi chulai，tǎng zài
才　行。有　兩　個　人　被　甩　出來，躺　在

dìshang bú dòng，dìshang yǒu hěn duō xiě. Hái yǒu
地上　不　動，地上　有　很　多　血。還　有

yí gè qīngshāng de zuò zài dìshang.
一　個　輕傷　的　坐　在　地上。

警察 jǐng chá：
Lù hái tōng ma？
路　還　通　嗎？

市民 shì mín：
Lù hái tōng，nà liàng huòchē hé bèi zhuàngfān de yí
路　還　通，那　輛　貨車　和　被　撞翻　的　一

liàng xiǎojiàochē，dōu zài mǎlù biān shang.
輛　小轎車，都　在　馬路　邊　上。

（三）在家裏 跌傷
zài jiā li diēshāng

警察 jǐng chá：
bào'àn zhōngxīn. Nǐ hǎo！
999 報案　中心。你　好！

市民 shì mín：
Wǒ... wǒ gāngcái yūn guoqu le，shuāishāng le，
我……我　剛才　暈　過去　了，摔傷　了，

<pre>
                    kēpòle tóu   , liúle hěn duō xiě   , shǒuwàn hǎoxiàng
                    磕破了 頭   ，流了 很   多   血   ， 手腕   好像

                    yě gǔzhé le . Kuài ! Kuài lái ya !
                    也 骨折 了 。 快 ！ 快 來 呀 ！
</pre>

jǐng chá 警　察：	Xiānsheng ，nǐ zài nǎ li ? Bǎ dìzhǐ gàosu wǒ ! 先生 　，你 在 哪＊裏？把 地址 告訴 我 ！
shì mín 市　民：	Xiānggǎng Jiē hào Měilìyuàn zuò lóu shì . 香港　街 369 號 美麗苑 7 座 6 樓 B 室 。
jǐng chá 警　察：	Xiānggǎng Jiē hào Měilìyuàn zuò lóu shì ，duì 香港　街 369 號 美麗苑 7 座 6 樓 B 室 ，對 ma ? Shì biànlìdiàn de ma ? 嗎 ？是「7-11 便利店」的 「7」嗎 ？
shì mín 市　民：	Shì de . 是「7-11」的「7」。
jǐng chá 警　察：	Hǎo ! Jiùhùchē mǎshàng jiù dào . Nǐ yí gè rén zài 好 ！ 救護車 　馬上 　就 到 。你 一 個 人 在 jiā ma ? 家 嗎 ？
shì mín 市　民：	Shì yí gè rén . À ! Hěn téng ! 是 一 個 人 。啊！ 很 疼 ！
jǐng chá 警　察：	Nǐ néng kāimén ma ? Háishì jiào xiāofángyuán 你 能 　開門 　嗎 ？ 還是 　叫 　消防員 pòmén’érrù ? 破門而入 ？
shì mín 市　民：	Bú yòng pòmén . Wǒ néng kāi . Nǐmen kuài lái ya ! 不 用 破門 。我 能 開 。你們 快 來 呀 ！
jǐng chá 警　察：	Hǎo ! Nǐ bié guà diànhuà . Mànmàn zǒu guoqu ，bǎ 好 ！你 別 掛 電話 。 慢慢 走 過去 ，把 mén dǎkāi . 門 打開 。

---

*註：哪，音 nǎ。口語裏常説 něi。

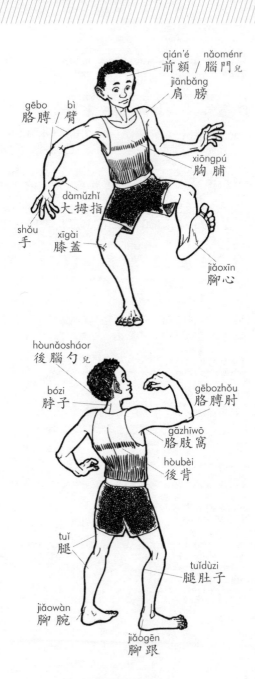

qián'é / nǎoménr
前額 / 腦門兒

jiānbǎng
肩膀

gēbo bì
胳膊 / 臂

xiōngpú
胸脯

dàmǔzhǐ
大拇指

shǒu
手

xīgài
膝蓋

jiǎoxīn
腳心

hòunǎosháor
後腦勺兒

bózi
脖子

gēbozhǒu
胳膊肘

gāzhīwō
胳肢窩

hòubèi
後背

tuǐ
腿

tuǐdùzi
腿肚子

jiǎowàn
腳腕

jiǎogēn
腳跟

二、 詞語 🎧1-2

(一) 課文詞語

危險 wēixiǎn　　暫時 zànshí　　窗戶 chuānghu

防盜 fángdào　　欄杆 lángān　　糟糕 zāogāo

告訴 gàosu　　車禍 chēhuò　　撞翻 zhuàngfān

救護車 jiùhùchē　　高速 gāosù　　特徵 tèzhēng

明顯 míngxiǎn　　建築物 jiànzhùwù

電線杆子 diànxiàngānzi　　編號 biānhào

電鋸 diànjù　　甩出 shuǎichū　　小轎車 xiǎojiàochē

一輛 yí liàng　　跌傷 diēshāng　　手腕 shǒuwàn

破門而入 pòmén'érrù

(二) 補充詞語和短句

窒息 zhìxī　　呼吸 hūxī　　溺水 nìshuǐ

扭傷 niǔshāng　　掩埋 yǎnmái　　抽搐 chōuchù

墜樓 zhuìlóu　　搶險 qiǎngxiǎn　　爆炸 bàozhà

急救 jíjiù　　耽誤 dānwu　　虛報 xūbào

煤氣爐 méiqìlú　　碾過去 niǎn guoqu

卡住了 qiǎzhùle　　摔折了 shuāishéle

山體滑坡 shāntǐ huápō

被車軋了 bèi chē yàle

皮開肉綻 píkāi-ròuzhàn

流血不止 liúxuèbùzhǐ

延誤救治 yánwù jiùzhì

腳手架 jiǎoshǒujià（棚架）

蹚水 tāngshuǐ（𦧷水［而行］）

塌方 tāfāng（冧咗［房屋等］）

泥石流 níshíliú（冧山泥／山泥傾瀉）

三、粵普對照 1-3

粵	普
燈柱	電線杆子 diànxiàngānzi
鐵閘	防盜門 fángdàomén
窗花	防盜窗鐵欄杆 fángdàochuāng tiělángān
水浸	水淹 shuǐyān
斷骨	骨頭斷了 gǔtou duàn le/ 骨折 gǔzhé/ 骨頭折了 gǔtou shé le
癡線佬	瘋子 fēngzi
佢癲咗	他瘋了 tā fēng le
烏燈黑火	黑燈瞎火 hēidēng-xiāhuǒ
整親個頭	頭摔傷了 tóu shuāishāng le／ 磕破了頭 kēpòle tóu
你千祈唔好收線（電話）	你千萬別掛電話 nǐ qiānwàn bié guà diànhuà

四、練習

1. 兩人一組，一個人扮演 999 報案中心接線員，一個人扮報案人，練習會話。

2. 説説急救包裏應該有哪些東西。

參考詞語：

水 shuǐ 　　　　　　　　乾糧 gānliang

手電筒 shǒudiàntǒng 　　保暖衣物 bǎonuǎn yīwù

自用藥物 zìyòng yàowù

急救用品（創可貼等）jíjiù yòngpǐn

便攜式工具組合（輕便螺絲刀、小刀等）biànxiéshì gōngjù zǔhé

3. 將下列句子用普通話説出來，留意有橫線的詞語。

（1）佢背脊、膊頭受咗傷，至少唞三個月。

（2）個 BB 女撞到書枱，額頭整親。

（3）佢成日做 Gym，手臂先會咁粗。

（4）阿嫲跌親，後枕落地，手踭也整親。今次大鑊！

（5）一早話咗俾你聽，叫你因住條頸喇！

（6）陳 Sir 成日跑步，隻腳幾粗。

第 2 課

zài bào'ànshì
在 報案室

一、課文 🎧 2-1

dǎjié
（一）打劫

zhíbān jǐngchá
值班警察： Nǐ hǎo！Wǒ néng bāng nǐ zuò shénme？
你 好！我 能 幫 你 做 什麼 ？

bào'àn rén
報案人： Yǒu rén qiǎngjié！Wǒ de kuàbāo bèi qiǎng le，
有人 搶劫！我 的 挎包 被 搶 了，
zhèngjiàn，xìnyòngkǎ quán zài lǐmian.
證件 、 信用卡 全 在 裏面。

zhíbān jǐngchá
值班警察： Hǎo！Wǒ xiànzài zuò jìlù. Ànfā dìdiǎn zài
好！我 現在 做 記錄。案發 地點 在
nǎli？Jiéfěi yǒu jǐ gè rén？
哪裏？劫匪 有 幾 個 人 ？

bào'àn rén
報案人： Zài Hǎihóng Dào hé Hǎitíng Dào jiāojiè. Jiù yí
在 海泓 道 和 海庭 道 交界。就 一
gè jiéfěi.
個 劫匪。

zhíbān jǐngchá
值班警察： Tā wǎng nǎge fāngxiàng táozǒu le？Pángbiān
他 往 哪個 方向 逃走 了 ？ 旁邊
yǒu qítā rén ma？
有 其他 人 嗎 ？

bào'àn rén
報案人： Shùnzhe Hǎihóng Dào，wǎng Shíxiáwěi
順着 海泓 道，往 石硤尾
fāngxiàng pǎo le. Bànyè-sāngēng de，yí gè
方向 跑 了。半夜 三更 的 ，一 個

rényǐngr dōu méiyǒu .
人影兒 都 沒有 。

zhí bān jǐng chá　Tā dòngwǔ le ma ? Yǒu xiōngqì ma ?
值班 警察 ：他 動武 了 嗎 ？有 兇器＊嗎 ？

bào àn rén　Yǒu xiōngqì ya . Tā yòng bānzi cóng hòumiàn
報案人 ：有 兇器 呀 。他 用 扳子 從 後面

dǎ wǒ de tóu , hǎo zài wǒ gèzi gāo , tā shǐ
打 我 的 頭 ，好 在 我 個子 高 ，他 使

búshàng jìnr .
不上 勁兒 。

zhí bān jǐng chá　Nǐ shòushāng le ma ? Yàobuyào qù yīyuàn ?
值班 警察 ：你 受傷 了 嗎 ？要不要 去 醫院 ？

bào àn rén　Ǹg… yīnggāi méi shì .
報案人 ：嗯…… 應該 沒 事 。

zhí bān jǐng chá　Shuōshuo tā de miànmào tèzhēng , bǐrú chuān
值班 警察 ：說說 他 的 面貌 特徵 ，比如 穿

shénme yīfu .
什麼 衣服 。

（略）

bào àn rén　Děngyixià . Jiūchán zhīzhōng wǒ de shǒujǐ diào zài
報案人 ：等一下 。糾纏 之中 我 的 手機 掉 在

dìshang shuāihuài le , jiè wǒ diànhuà yòngyiyòng
地上 摔壞 了 ，借 我 電話 用一用

xíng ma ? Wǒ děi gǎnjǐn bàoshī xìnyòngkǎ .
行 嗎 ？我 得 趕緊 報失 信用卡 。

＊註：兇器指兇徒行兇時使用的器具。武器指作戰時使用的器械和裝置。

(二) 丟 東西 了
diū dōngxi le

遊客甲
yóu kè jiǎ
：你 好 ，我 來 報案 。我 的 公事包 丟
Nǐ hǎo , wǒ lái bào'àn . Wǒ de gōngshìbāo diū
了 ，裏面 有 很 重要 的 東西 !
le , lǐmian yǒu hěn zhòngyào de dōngxi !

遊客乙
yóu kè yǐ
：我們 明天 就要 離開 香港 了 ，
Wǒmen míngtiān jiù yào líkāi Xiānggǎng le ,
請 你們 趕快 幫 我 找找 !
qǐng nǐmen gǎnkuài bāng wǒ zhǎozhao !

值班警察
zhí bān jǐng chá
：先 別急 ，一個一個 說 。
Xiān bié jí , yí gè yí gè shuō .

遊客甲
yóu kè jiǎ
：我們 去 大嶼 山 玩兒 ， 坐 出租車 回
Wǒmen qù Dàyǔ Shān wánr , zuò chūzūchē huí
市區 ，把 公事包 落 在 出租車 上
shìqū , bǎ gōngshìbāo là zài chūzūchē shang
了 。 是 棕色 牛皮 公事包 ，裏面 有
le . Shì zōngsè niúpí gōngshìbāo , lǐmian yǒu
重要 文件 ，我們 明天 要 去 悉尼
zhòngyào wénjiàn , wǒmen míngtiān yào qù Xīní
開會 ，開會 要 用 !
kāihuì , kāihuì yào yòng !

遊客乙
yóu kè yǐ
：那 份 東西 對 一般 人 來 說 是 一
Nà fèn dōngxi duì yìbān rén lái shuō shì yì
沓 廢紙 ，對 我們 卻 非常 非常
dá fèizhǐ , duì wǒmen què fēicháng fēicháng
重要 。不 瞞 你 說 ，有 我們 公司
zhòngyào . Bù mán nǐ shuō , yǒu wǒmen gōngsī
的 機密 。
de jīmì .

值班警察
zhí bān jǐng chá
：什麼 時候 發生 的 事 ?
shénme shíhou fāshēng de shì ?

yóu kè jiǎ Dàgài bàn xiǎoshí zhīqián .
遊客甲 ： 大概 半 小時 之前 。

zhí bān jǐng chá Jìde chēpái hàomǎ hé sījǐ de míngzi ma ?
值班 警察 ： 記得 車牌 號碼 和 司機的 名字 嗎 ?

yóu kè yǐ Nǎr xiǎngdào jì nàxiē ya !
遊客乙 ： 哪兒 想到 記那些 呀 !

zhí bān jǐng chá shénme yánsè de chē ?
值班 警察 ： 什麼 顏色 的 車 ?

yóu kè jiǎ Shì lánsè de chūzūchē .
遊客甲 ： 是 藍色 的 出租車 。

zhí bān jǐng chá Nǐ yào shōujù le ma ?
值班 警察 ： 你 要 收據 了 嗎 ?

yóu kè jiǎ Ò , yào shōujù le , zài zhèr !
遊客甲 ： 哦，要 收據 了，在 這兒 !

zhí bān jǐng chá Wǒ mǎshàng liánxì dīshìtái .
值班 警察 ： 我 馬上 聯繫 的士台。

（三） diànhuà piàn'àn
電話 騙案

報案人： bào àn rén
Ā , wǒ yùdào piànzi le！Zǎoshang yǒu gè xìng
阿 Sir，我 遇到 騙子 了！早上 有 個 姓

Jiāng de dǎ diànhuà gěi wǒ，shuō wǒ wàisheng zài
江 的 打 電話 給 我，說 我 外甥 在

Méixiàn déle jíbìng，yào jiùrén de huà，xūyào yíwàn
梅縣 得了 急病，要 救人 的 話，需要 一萬

kuài，wèn wǒ jiùbujiù。Wǒ wàisheng shì wǒ dàidà
塊，問 我 救不救。我 外甥 是 我 帶大

de，wǒ dāngrán yào jiù。
的，我 當然 要 救。

警察： jǐng chá
Nǐ gěi qián le ma？
你 給 錢 了 嗎？

報案人： bào àn rén
Xìngkuī méi gěi。Qián wǒ dōu zhǔnbèi hǎo le ，hòulái
幸虧 沒 給。錢 我 都 準備 好 了，後來

wàisheng dǎ diànhuà lái ，cái zhīdào tā méi chūshì。
外甥 打 電話 來，才 知道 他 沒 出事。

警察： jǐng chá
Piànzi dǎ shǒujī háishì dǎ zuòjī ？
騙子 打 手機 還是 打 座機？

報案人： bào àn rén
Dǎ shǒujī。
打 手機。

警察： jǐng chá
Yǒu láidiàn xiǎnshì ma？
有 來電 顯示 嗎？

報案人： bào àn rén
Zhǐ kàndào sīrén hàomǎ sì gè zì ，méi xiǎnshì
只 看到 「私人 號碼」四 個 字，沒 顯示

diànhuà hàomǎ。
電話 號碼。

警察： jǐng chá
Shuō Guǎngdōnghuà háishì Pǔtōnghuà ？
說 廣東話 還是 普通話 ？

報案人： bào àn rén
Shì Guǎngdōnghuà 。
是 廣東話 。

jǐng chá 警 察 ：	Nǐ kěndìng nǐ bú rènshi zhè gè xìng Jiāng de ? 你 肯定 你 不 認識 這 個 姓 江 的？
bào àn rén 報 案 人 ：	Qīnqi , péngyou , shúrén li , méi yí gè xìng 親戚、 朋友 、 熟人 裏， 沒 一 個 姓 Jiāng de . 江 的。
jǐng chá 警 察 ：	Nà nǐ wèishénme xiāngxìn tā de huà ne ? 那 你 為什麼 相信 他 的 話 呢？
bào àn rén 報 案 人 ：	Wǒ wàisheng zhènghǎo dào Guǎngdōng chūchāi , 我 外甥 正好 到 廣東 出差 ， huìdào Zhànjiāng , Méixiàn děng jǐ gè dìfang . Zài 會 到 湛江 、 梅縣 等 幾 個 地方。 再 shuō , rénmìng-guāntiān , zhìbìng yàojǐn , wǒ méi 説， 人命關天 ， 治病 要緊 ， 我 沒 shíjiān zǐxì xiǎng . 時間 仔細 想。
jǐng chá 警 察 ：	Tā shuō yòng shénme fāngshì fùqián le ma ? 他 説 用 什麼 方式 付錢 了 嗎？ Yínháng zhuǎnzhàng háishì zhíjiē gěi xiànjīn ? 銀行 轉帳 還是 直接 給 現金？
bào àn rén 報 案 人 ：	Tā ràng wǒ jīntiān wǎnshang bā diǎn bàn dàizhe qián 他 讓 我 今天 晚上 八 點 半 帶着 錢 dào Fěnlǐng huǒchēzhàn . 到 粉嶺 火車站。
jǐng chá 警 察 ：	Fěnlǐng huǒchēzhàn shénme dìfang ? 粉嶺 火車站 什麼 地方？
bào àn rén 報 案 人 ：	Wǒ wèn tā , huǒchēzhàn fànwéi nàme dà , zài 我 問 他， 火車站 範圍 那麼 大， 在 shénme dìfang děng . Tā hěn jiǎohuá , ràng wǒ dàizhe 什麼 地方 等。 他 很 狡猾 ， 讓 我 帶着 shǒujī , shuō dào shí dǎ diànhuà gěi wǒ . 手機， 説 到 時 打 電話 給 我。

jǐng chá　　　Wǒmen　xīwàng　nǐ　néng　gēn　jǐngchá　pèihé　，　yìqǐ
警　察：我們　希望　你　能　跟　警察　配合　，一起

　　　　　　　zhuāzhù zhè gè piàntú　.
　　　　　　　抓住　這　個　騙徒　。

二、詞語 🎧2-2

（一）課文詞語

劫匪 jiéfěi　　　　　　值班 zhíbān

挎包 kuàbāo　（斜狽袋）

海泓道 Hǎihóng Dào　石硤尾 Shíxiáwěi

使勁兒 shǐjìnr　　　　面貌 miànmào　　　糾纏 jiūchán

摔壞 shuāihuài　　　　趕緊 gǎnjǐn　　　　丢了 diūle

落在車上 là zài chē shang　　　　　　　棕色 zōngsè

悉尼 Xīní　　　　　　一沓 yì dá（一疊［紙等］）

幸虧 xìngkuī　　　　　梅縣 Méixiàn　　　外甥 wàisheng

認識 rènshi　　　　　　親戚 qīnqi　　　　湛江 Zhànjiāng

轉帳 zhuǎnzhàng　　　狡猾 jiǎohuá　　　抓獲 zhuāhuò

騙徒 piàntú

（二）補充詞語和短句

迷路 mílù　　　　　　流氓 liúmáng　　　據點 jùdiǎn

失蹤 shīzōng　　　　　虐待 nüèdài　　　執勤 zhíqín

違禁品 wéijìnpǐn　　左撇子 zuǒpiězi　　裁紙刀 cáizhǐdāo

惹麻煩 rěmáfan　　衣着打扮 yīzhuó dǎban

捅婁子 tǒnglóuzi（爆大禍）　　馬大哈 mǎdàhā（大頭蝦）

稀奇古怪 xīqí-gǔguài　　　　詭計多端 guǐjì-duōduān

好吃懶做 hàochī-lǎnzuò　　　遊手好閒 yóushǒu-hàoxián

沒有着落 méiyǒu zhuóluò

鑽法律的空子 zuān fǎlǜ de kòngzi

老巢 lǎocháo（竇：據點 jùdiǎn／巢穴 cháoxué）

三、粵普對照 2-3

粵	普
醒目	機靈 jīling／聰明 cōngming
士巴拿	扳子（士巴拿）bānzi
打劫	搶劫 qiǎngjié
冇所謂	無所謂 wúsuǒwèi
蠱惑（形容詞）	狡猾 jiǎohuá
跌爛咗	摔壞了 shuāihuài le
出唔到力	使不上勁兒 shǐ búshàng jìnr
俾佢辣撚	被他激怒了 bèi tā jīnù le
我漏咗嘢	我落東西了 wǒ là dōngxī le
唔怕話你知	不瞞你說 bù mán nǐ shuō

四、練習

1. 兩人一組，一人扮報案室值班警察，一人扮報案人，練習會話。

2. 同義複合詞「兇惡」在口語中單獨使用時，粵語和普通話各取一字，粵語說「佢好惡」，普通話說「他很兇」，這類詞語很多。參照例子，在括號中填上相應的字，然後造句。

詞語	粵語	普通話	造句
例：醫治	醫病	治病	他的病治好了
稀罕 xīhan	物以罕為貴	物以（　）為貴	
痳痺 mábì	腳痺	腿（　）	
霸佔 bàzhàn	霸位	（　）座	
生長 shēngzhǎng	佢生得好靚	她（　）得很漂亮	
嘔吐 ǒutù	佢嘔咗	他（　）了	
理睬 lǐcǎi	唔睬人	不（　）人	
監牢 jiānláo	坐監	坐（　）	

3. 配對練習：先將代表答案的數字填在適當的括號中，再把詞語讀一讀。

（1）膝蓋　　（2）癲癇發作　　（3）取　　（4）丟在地上

（5）超車　　（6）扳子　　　　（7）卸貨　　（8）掉在地上

（9）騙　　　（10）值班　　　　（11）狡猾

A. 攞（　　） 　　　B. 呃（　　） 　　　C. 扒頭（　　）

D. 落貨（　　） 　　E. 蠱惑（　　） 　　F. 當值（　　）

G. 士巴拿（　　　） H. 發羊吊（　　　） I. 菠蘿蓋（　　　　）

J. 跌咗落地下（　　）

第3課　**huǒzāi　xiànchǎng**
火災 現場

一、課文 🎧3-1

shūsàn shìmín
（一）疏散 市民

jǐng chá 警察	：	Kuài diǎnr líkāi zhè zuò dàshà ! Dàjiā wǎng 快 點兒 離開 這 座 大廈 ! 大家 往
		zhèbiān zǒu ! Bié huāng ! Bìshang zuǐ ! Yǒu shī 這邊 走 ! 別 慌 ! 閉上 嘴 ! 有 濕
		máojīn de wǔzhe zuǐ ! 毛巾 的 捂着 嘴 !
shì mín jiǎ 市 民 甲	：	Á ? Wǎng nǎbiān zǒu ya ? Wǎng nǎbiān zǒu ya ? 啊 ? 往 哪邊 走 呀 ? 往 哪邊 走 呀 ?
jǐng chá 警察	：	Zǒu zǒuhuǒ tōngdào ，zhèbiān ! Zhèbiān ! 走 走火 通道 ， 這邊 ! 這邊 !
shì mín yǐ 市 民 乙	：	Xiǎofāng ，kuài diǎnr ! Kuài diǎnr pǎo ! Nǐ gēnzhe wǒ ! 小芳 ，快 點兒 ! 快 點兒 跑 ! 你 跟着 我 !
jǐng chá 警察	：	Bié jǐ ! Bùxǔ wǎng qián jǐ ! Gēnzhe dàjiā zǒu ! 別 擠 ! 不許 往 前 擠 ! 跟着 大家 走 !
shì mín bǐng 市 民 丙	：	Āiya ! Wǒ de pījiān diào zài dìshang le ! 哎呀 ! 我 的 披肩 掉 在 地上 了 !
jǐng chá 警察	：	Bié jiǎn le ! Nǐ yì dūnxia ，hòumiàn de rén jiù huì 別 撿 了 ! 你 一 蹲下 ， 後面 的 人 就 會
		cǎi dào nǐ . Rénmìng yàojǐn ! Bié jiǎn le ! 踩 到 你 。 人命 要緊 ! 別 撿 了 !
shì mín dīng 市 民 丁	：	Xiǎomíng ，bié pà ! Yǒu jǐngchá shūshu zài . 小明 ，別 怕 ! 有 警察 叔叔 在 。

警察： Jǐng chá
Xiǎopéngyou bié pà, nǐ hěn yǒnggǎn!
小朋友 別 怕，你 很 勇敢！

Lāzhe māma, bié sōngshǒu. Tàitai, bǎohù hǎo
拉着 媽媽，別 鬆手。太太，保護 好

háizi. Dàhuǒr bié huāng! Yǒu zhìxù de líkāi!
孩子。大夥兒 別 慌！有 秩序 地 離開！

bēi lǎorénjia chèlí
（二）背 老人家 撤離

消防員： xiāo fáng yuán
qiāomén Wū li yǒu rén ma?
（敲門）屋 裏 有 人 嗎？

老人： lǎo rén
dǎkāi mén Zhè huí zhēnde zháohuǒ le?
（打開 門）這 回 真的 着火 了？

消防員： xiāo fáng yuán
Zhēnde! Gǎnkuài líkāi zhè zuò dàshà!
真的！趕快 離開 這 座 大廈！

老人： lǎo rén
Wǒ tuǐjiǎo bú lìluo, wǒ zǒu bùliǎo.
我 腿腳 不 利落，我 走 不了。

消防員： xiāo fáng yuán
Méiguānxi, wǒ bēi nín!
沒關係，我 背 您！

老人： lǎo rén
Nà… wǒ ná diǎnr dōngxi zài zǒu.
那……我 拿 點兒 東西 再 走。

消防員： xiāo fáng yuán
Lǎorénjiā, shuǐhuǒ wúqíng, nín bié móceng
老人家，水火 無情，您 別 磨蹭

le! Zánmen děi gǎnkuài zǒu!
了！咱們 得 趕快 走！

老人： lǎo rén
Zhè huí zhēnde zháohuǒ le? À! Wǒ de mā ya!
這 回 真的 着火 了？啊！我 的 媽呀！

消防員： xiāo fáng yuán
Nín bié pà, yǒu wǒ ne! Lái! Nín pā zài wǒ bèi
您 別 怕，有 我 呢！來！您 趴 在 我 背

shang, lǒuzhe wǒ de bózi.
上，摟着 我 的 脖子。

老人： lǎo rén
À! À!! Zhè kě zěnmebàn ne!
啊！啊！！這 可 怎麼辦 呢！

xiāo fáng yuán　　Nín bié　jǐnzhāng，láile　hǎoduō　xiāofángyuán ．
消 防 員：您 別　緊張，來了　好多　　消防員　　。

　　　　　　　　Nín kuài bìshang zuǐ！Xī jìn nóngyān jiù máfan le！
　　　　　　　　您 快　閉上　嘴！吸進　濃煙　就　麻煩 了！

（三）用 雲梯 救人
yòng　yúntī　jiùrén

xiāo fáng yuán　　Lǎonǎinai，méishì la，wǒ dài nín xiàqu．Lái！Nín
消 防 員：老奶奶，沒事 啦，我 帶 您 下去。來！您

　　　　　　　　bǎ shǒu gěi wǒ．
　　　　　　　　把 手 給 我。

lǎo nǎi nai　　　Āiya！Zhème gāo wā！Wǒ bú xiàqu！Wǒ sǐ yě
老 奶 奶　：哎呀！這麼　高 哇！我 不 下去！我 死 也

　　　　　　　　bú xiàqu！
　　　　　　　　不 下去！

xiāo fáng yuán　　Nín bié　huāng！Yǒu　wǒ　ne！Nín　　zhuāzhe
消 防 員：您 別　慌！有　我　呢！您　　抓 着

　　　　　　　　wǒ de shǒu．Duìle！Nín wǎngqián mài yí bù，
　　　　　　　　我 的 手 。對了！您　往前　邁 一 步，

　　　　　　　　shànglai．Nín zhēn bàng！Nín fú wěn le！
　　　　　　　　上來 。您 真 棒！您 扶 穩 了！

lǎo nǎi nai　　　 yúntī　 kāishǐ xià jiàng　 À － ！Tā dōng le！
老 奶 奶　：（雲梯　開始　下降）啊——！它 動 了！

　　　　　　　　Ā！Wǒ tóuyūn！
　　　　　　　　啊！我 頭暈！

xiāo fáng yuán　　Méishìr！Méishìr！Nín bìshang yǎnjing，bié wǎngxià
消 防 員：沒事兒！沒事兒！您　閉上　　眼睛，別　往下

　　　　　　　　kàn．Nín zhuāzhù le，bié sāshǒu！
　　　　　　　　看 。您　抓住　了，別　撒手！

lǎo nǎi nai　　　Ā！Zěnme huànghuangyōuyōu　de？À － ！
老 奶 奶　：啊！怎麼　　晃晃悠悠　　的？啊——！

xiāo fáng yuán　Méishìr！Nín　bié　luàndòng！Yàobù　nín　lǒuzhe
消　防　員：沒事兒！您　別　亂動　！要不　您　摟着

wǒ．Hěnkuài jiù dào dìmiàn le，nín bié huāng bié
我。很快　就　到　地面　了，您　別　慌　別

hàipà．
害怕。

二、詞語 🎧3-2

（一）課文詞語

火災 huǒzāi	疏散 shūsàn	着火 zháohuǒ
大廈 dàshà	濕毛巾 shīmáojīn	捂着 wǔzhe
擠破 jǐpò	披肩 pījiān	撿起來 jiǎn qilai
蹲下 dūnxia	踩住 cǎizhù	秩序 zhìxù
撤離 chèlí	利落 lìluo	磨蹭 móceng
趴下 pāxia	摟緊 lǒujǐn	濃煙 nóngyān
麻煩 máfan	雲梯 yúntī	扶穩 fúwěn
頭暈 tóuyūn	撒手 sāshǒu	
晃晃悠悠 huànghuangyōuyōu		摟着 lǒuzhe

（二）補充詞語和短句

手斧 shǒufǔ	伸縮 shēnsuō	旋轉 xuánzhuǎn
噴射 pēnshè	水靴 shuǐxuē	頭盔 tóukuī
鐵鍬 tiěqiāo	攀繩 pānshéng	盲點 mángdiǎn
嗅覺 xiùjué	搶險 qiǎngxiǎn	泡沫 pàomò
鋼筋 gāngjīn	切割器 qiēgēqì	助燃劑 zhùránjì
煤氣罐 méiqìguàn	液化氣 yèhuàqì	可燃物 kěránwù
曲臂式 qūbìshì	直臂式 zhíbìshì	迷你倉 mínǐcāng
隔熱服 gérèfú	探測器 tàncèqì	滅火毯 mièhuǒtǎn

拽住 zhuàizhù　　攥緊 zuànjǐn　　掰開 bāikāi

剝皮 bāopí　　扔掉 rēngdiào　　瞪眼 dèngyǎn

噘嘴 juēzuǐ　　消防栓 xiāofángshuān

灑水噴頭 sǎshuǐ pēntóu

消防水帶接口 xiāofáng shuǐdài jiēkǒu

煙霧感應器 yānwù gǎnyìngqì

移動照明燈組 yídòng zhàomíng dēngzǔ

消防信號蝶閥 xiāofáng xìnhào diéfá

液壓剪擴兩用鉗 yèyā jiǎnkuò liǎngyòngqián

火災報警控制器 huǒzāi bàojǐng kòngzhìqì

七氟丙烷滅火系統 qīfúbǐngwán mièhuǒ xìtǒng

三、粵普對照 3-3

粵	普
揸實	攥緊了 zuànjǐnle / 緊握 jǐnwò / 扶穩了 fúwěnle
警鐘	警鈴 jǐnglíng
火燭	着火 zháohuǒ
捉住我	抓住我 zhuāzhù wǒ / 抓着我 zhuāzhe wǒ
唔好迫	別擠 bié jǐ / 不要擠 bú yào jǐ
揞住口	捂着嘴 wǔzhe zuǐ

粵	普
駁喉	（把消防水帶）接長 jiēcháng
綁安全帶	繫安全帶 jì ānquándài
跌落地下	掉在地上 diào zài dìshang
執番條命	撿回一條命 jiǎnhuí yì tiáo mìng
劏房	群租房 qúnzūfáng
消防喉轆	消防軟管捲盤 xiāofáng ruǎnguǎn juǎnpán

四、練習

1. 幾人一組，先預設情境（例如：半夜酒店失火），分別扮作消防員、警察和市民，練習會話。

2. 假設你到社區宣傳防火，你會怎麼說？每人一分鐘短講。可參考本課及下面的詞語。

參考詞語：

乾燥 gānzào　　頻繁 pínfán　　季節 jìjié　　謹慎 jǐnshèn

閥門 fámén　　洩漏 xièlòu　　取暖 qǔnuǎn

規格 guīgé　　絕緣 juéyuán　　負荷 fùhè　　冷卻 lěngquè

高低床 gāodīchuáng　　　　樂極生悲 lèjí-shēngbēi

3. 在提供的動詞中，選取最適當的，填在括號內，然後讀一讀
   句子：

   攬 lǎn　　拽 zhuài　瞪 dèng　剝 bāo　削 xiāo　丟 diū　扔 rēng

   掹 mēng　噘 juē　　繫 jì　　撿 jiǎn　執 zhí　攥 zuàn　掰 bāi

   摟 lǒu　　綁 bǎng

   （1）伯伯，我背您。您別（　　）我的衣服，您（　　）着我
   　　　的脖子！

   （2）橙（　　）皮之後，你把它（　　）成兩半。

   （3）那是人家（　　）的東西，你（　　）它幹什麼？

   （4）你把蘋果皮（　　）了之後，再切成小塊。

   （5）弟弟很生氣，一直（　　）着嘴、（　　）着眼睛，小手還
   　　　（　　）着拳頭。

   （6）玩兒蹦極一定要（　　）好安全帶。

第4課 <ruby>警員<rt>jǐngyuán</rt></ruby> <ruby>巡邏<rt>xúnluó</rt></ruby>

一、課文 4-1

（一）<ruby>截查<rt>jiéchá</rt></ruby> <ruby>可疑<rt>kěyí</rt></ruby> <ruby>人物<rt>rénwù</rt></ruby>

警察 jǐng chá	先生 ， 等一等 ！ 喂 ！ 別 跑 ！ 你 Xiānsheng ， děngyiděng ! Wèi ! Bié pǎo ! Nǐ 站住 ！ zhànzhù !
嫌疑人 xián yí rén	幹 什麼 呀，阿 Sir ？ Gàn shénme ya , ā ?
警察 jǐng chá	為什麼 叫 你 停 下來 你 卻 不 停 ？ Wèishénme jiào nǐ tíng xialai nǐ què bù tíng ?
嫌疑人 xián yí rén	我 不 知道 是 叫 我 呀 ！ Wǒ bù zhīdào shì jiào wǒ ya !
警察 jǐng chá	那 你 為什麼 跑 ？ 請 你 把 身份證 拿 Nà nǐ wèishénme pǎo ? Qǐng nǐ bǎ shēnfènzhèng ná 出來 。…… 都 這麼 晚 了，你 在 街 上 幹 chulai . ... Dōu zhème wǎn le , nǐ zài jiē shang gàn 什麼 ？ shénme ?
嫌疑人 xián yí rén	剛 吃完 飯 ，出來 溜達 溜達。 Gāng chīwán fàn , chūlai liūda liūda .
警察 jǐng chá	請 把 你的 背囊 打開，把 東西 全 拿 Qǐng bǎ nǐ de bēináng dǎkāi , bǎ dōngxi quán ná 出來 … 請 你 把 褲腿兒 拉 起來 。哦 ！塞 在 chulai ... Qǐng nǐ bǎ kùtuǐr lā qilai . Ó ! Sāi zài

wàzi li de shì shénme dōngxi?
襪子 裏 的 是 什麼 東西？

xián yí rén　Méi shénme tèbié de . Jǐngchá bù néng yuānwang
嫌疑人：沒 什麼 特別 的。警察 不 能 冤枉

hǎorén na !
好人 哪！

jǐng chá　Jìrán bú shì shénme tèbié de dōngxi , wèishénme bú
警察：既然 不 是 什麼 特別 的 東西，為什麼 不

fàng zài yīdōur li , fǎn'ér sāijìn wàzi li？Zhè báisè
放 在 衣兜兒 裏，反而 塞進 襪子 裏？ 這 白色

de fěnmò shì shénme ?
的 粉末 是 什麼 ？

xián yí rén　Zhè…
嫌疑人：這……

jǐng chá　Qǐng nǐ gēn wǒmen huíqù diàochá . Xiànzài wǒ jǐngjiè
警察：請 你 跟 我們 回去 調查。 現在 我 警誡

nǐ : nǐ bùyídìng yào shuō , chúfēi nǐ zìjǐ xiǎng
你 ： 你 不一定 要 說 ，除非 你 自己 想

shuō , dàn wúlùn nǐ shuō shénme , wǒ dōu huì yòng bǐ
說 ，但 無論 你 說 什麼 ，我 都 會 用 筆

jìlù xialai , kěnéng huì yòng lái zuò zhènggòng . Nǐ
記錄 下來 ，可能 會 用 來 作 證供 *。你

míngbai ma ?
明白 嗎 ?

（二）有 人 喝醉 了
yǒu rén hēzuì le

jǐng chá　Zhème wǎnle wèishénme hái zài jiē shang ? Wèi !
警 察 ： 這麼 晚了 為什麼 還 在 街 上 ？ 喂 !

Wèi ! Nǐ zěnme le ?
喂 ！你 怎麼 了 ?

shì mín jiǎ　Nǐ bié zǒu ! Nǐ bié zǒu ! Wǒ… wǒ hěn nánshòu !
市 民 甲 ： 你 別 走 ！你 別 走 ！我 ⋯⋯我 很 難受 !

jǐng chá　Ò , nǐ hēzuì le ! Nǐ yí gè rén ma ? Gàosu wǒ nǐ
警 察 ： 哦，你 喝醉 了 ！你 一 個 人 嗎 ？告訴 我 你

jiālǐrén de diànhuà hàomǎ , wǒ dǎ diànhuà ràng
家裏人 的 電話 號碼，我 打 電話 讓

tāmen lái jiē nǐ . Wèi ! Nǐ bié zài dìshang dǎgǔnr !
他們 來 接 你。喂 ！你 別 在 地上 打滾兒 !

Bié zài zhèli sā jiǔfēng !
別 在 這裏 撒 酒瘋 !

shì mín yǐ　Ā , wǒ shì tā de péngyou . Wǒ gāngcái dào
市 民 乙 ： 阿 Sir，我 是 他 的 朋友 。我 剛才 到

biànlìdiàn mǎishuǐ qù le .
便利店 買水 去 了。

jǐng chá　Tā tù le , nǐ bāng tā qīnglǐ yíxià … Qǐng bǎ nǐmen
警 察 ： 他 吐 了，你 幫 他 清理 一下 ⋯⋯ 請 把 你們

*註：這是「警誡詞」，為固定説法。

de shēnfènzhèng ná chulai … Nǐmen gǎnjǐn huíjiā
的 身份證 拿 出來 …… 你們 趕緊 回家

ba . Yàobuyào dǎ diànhuà jiào jiālǐrén lái jiē nǐmen ?
吧 。 要不要 打 電話 叫 家裏人 來 接 你們 ?

shì mín yǐ Bú yòng le , wǒmen zuò chūzūchē huíqu .
市 民 乙： 不 用 了 ， 我們 坐 出租車 回去 。

jǐng chá Zhèli bù néng tíng chūzūchē , xiéduìmiàn jiùshì
警 察 ： 這裏 不 能 停 出租車 ， 斜對面 就是

chūzūchēzhàn , nǐ fú tā guòqu ba .
出租車站 ， 你 扶 他 過去 吧 。

yóukè wènlù
(三) 遊客 問路

yóu kè Qǐng wèn dào Tóngluówān Shāngyèjiē zuò jǐ lù chē ?
遊客 ： 請 問 到 銅鑼灣 商業街 坐 幾 路 車 ?

jǐng chá Méiyǒu yì tiáo jiē jiào Tóngluówān Shāngyèjiē .
警 察 ： 沒有 一 條 街 叫「 銅鑼灣 商業街 」。

Nǐ xiǎng mǎi shénme ?
你 想 買 什麼 ?

yóu kè Mǎi huàzhuāngpǐn na , shǒushi , yīfu shénme de .
遊客 ： 買 化妝品 哪 ， 首飾 、 衣服 什麼 的 。

jǐng chá Zhèli jiùshì Tóngluówān , bú yòng zuòchē , nǐ yánzhe
警 察 ： 這裏 就是 銅鑼灣 ， 不 用 坐車 ， 你 沿着

zhè tiáo lù yìzhí zǒu , jiàn dào hóng-lǜdēng yòuguǎi ,
這 條 路 一直 走 ， 見 到 紅綠燈 右拐 ，

guò liǎng gè lùkǒu , nàli jiùyǒu hěn duō shāngdiàn .
過 兩 個 路口 ， 那裏 就有 很 多 商店 。

yóu kè Yào zǒu duō yuǎn ? Yàobuyào yíkèzhōng ?
遊客 ： 要 走 多 遠 ? 要不要 一刻鐘 ?

jǐng chá Bú yòng , wǔ fēnzhòng jiù dào le .
警 察 ： 不 用 ， 五 分鐘 就 到 了 。

yóu kè Xièxie ! Ng… děng yíhuìr wǒmen xiǎng zuòchuán dào
遊客 ： 謝謝 ！ 嗯…… 等 一會兒 我們 想 坐船 到

Jiānshāzuǐ , dào nǎr zuòchuán ?
尖沙咀 ，到 哪儿 坐船 ？

jǐng chá　　Nǐ kěyǐ zuò bāshì dào Wānzǎi Mǎtóu .
警 察 ： 你 可以 坐 巴士 到 灣仔 碼頭。

yóu kè　　Zuò jǐ lù ? ...
遊 客 ： 坐 幾 路 ？……

（略）

二、詞語 🎧 4-2

（一）課文詞語

巡邏 xúnluó 　　截查 jiéchá 　　可疑 kěyí

溜達 liūda 　　背囊 bēináng 　　襪子 wàzi

冤枉 yuānwang 　　塞進 sāijìn 　　警誡 jǐngjiè

供詞 gòngcí 　　難受 nánshòu 　　喝醉 hēzuì

撒酒瘋 sā jiǔfēng 　　吐了 tùle 　　趕緊 gǎnjǐn

斜對面 xiéduìmiàn 　　首飾 shǒushi 　　右拐 yòuguǎi

沿着 yánzhe 　　一直 yìzhí 　　一刻鐘 yíkèzhōng

碼頭 mǎtóu

（二）補充詞語和短句

搭檔 dādàng 　　出警 chūjǐng 　　上司 shàngsi

打靶 dǎbǎ 　　槍托 qiāngtuō 　　情緒 qíngxù

抵賴 dǐlài 　　質疑 zhìyí 　　搜索 sōusuǒ

敏銳 mǐnruì　　　　遊蕩 yóudàng　　　　撒謊 sāhuǎng

愚蠢 yúchǔn　　　　憂鬱 yōuyù　　　　羈留室 jīliúshì

拘留室 jūliúshì　　　通緝犯 tōngjīfàn　　懲教署 Chéngjiàoshǔ

胸環靶 xiōnghuánbǎ　　　搬救兵 bānjiùbīng

扣下扳機 kòuxia bānjī　　　命中靶心 mìngzhòng bǎxīn

嚴密佈防 yánmì bùfáng　　　攔路搶劫 lánlù qiǎngjié

阻止械鬥 zǔzhǐ xièdòu

三、粵普對照 🎧4-3

粵	普
好辛苦（指生病時）	很難受 hěn nánshòu
嘔吐	吐了 tùle
嗱嗱聲	趕快 gǎnkuài／趕緊 gǎnjǐn
的士	出租車 chūzūchē
慌失失	慌慌張張 huānghuāngzhāngzhāng
咪咪摸摸	磨磨蹭蹭 mómócèngcèng
幾多號車	幾路車 jǐ lù chē
當值	值班 zhíbān
詐傻扮懵	裝傻 zhuāngshǎ／ 裝傻充愣 zhuāngshǎ-chōnglèng
唔該借借	勞駕，讓一讓 láojià.ràngyiràng

粵	普
褲腳	褲腿兒 kùtuǐr
衫袋	衣兜兒 yīdōur / 兜兒 dōur
碌嚟碌去	打滾兒 dǎgǔnr

四、練習

1. 三人一組，兩人扮作巡邏的警察，一人扮作可疑人物，練習會話。

2. 配音練習：看一段警察宣傳短片，每人先為短片撰寫簡短的旁白，然後一邊播放，一邊為短片配音。可個人或小組完成。

3. 邊改邊說：將粵語改為普通話。

    （1）警察封咗呢條路，麻煩你行第二條路。

    （2）日光夜白，你匿埋喺度做乜？膠袋入面係乜嘢？

    （3）停低！停低！唔該你熄車，打開車尾箱。

    （4）你收聲！唔好喺度發爛渣。嘩嘩聲走啦！

    （5）你話睇到佢趴喺度裝人沖涼，幾耐時間啦？

    （6）問你嘢，你唔好喺度同我遊花園。

第 5 課

àn fā xiàn chǎng
案發 現場（一）

一、課文 🎧 5-1

yǒu rén pō yóuqī
（一） 有 人 潑 油漆

jǐng chá　　Qǐng wèn shì shuí bào de àn ?
警 察 ： 請 問 是 誰 報 的 案 ？

wū zhǔ　　Shì wǒ . Bù zhīdào shì shuí pō de yóuqī . Hái bǎ
屋 主 ： 是 我 。不 知道 是 誰 潑 的 油漆 。還 把

　　　　yàoshikǒng dǔshang le . Wǒ zhēn dǎoméi !
　　　　鑰匙孔 堵上 了。我 真 倒霉 ！

jǐng chá　　Nǐ shénme shíhou fāxiàn de ?
警 察 ： 你 什麼 時候 發現 的 ？

wū zhǔ　　Xiàbān huílai fāxiàn de , dàgài yíkèzhōng yǐqián .
屋 主 ： 下班 回來 發現 的，大概 一刻鐘 以前 。

jǐng chá　　Nǐ zǎochen shénme shíhou líkāi jiā de ?
警 察 ： 你 早晨 什麼 時候 離開 家 的 ？

wū zhǔ　　Chàbuduō qī diǎn sìshíwǔ .
屋 主 ： 差不多 七 點 四十五 。

jǐng chá　　Nǐ zǎochen líkāi de shíhou fāxiàn kěyǐ qíngkuàng
警 察 ： 你 早晨 離開 的 時候 發現 可疑 情況

　　　　le ma ?
　　　　了 嗎 ？

wū zhǔ　　Méiyǒu , yíqiè zhèngcháng .
屋 主 ： 沒有 ，一切 正常 。

警察： jǐng chá
Nǐ huòzhě nǐ jiā li de rén shìbushì gēn shuí jiéyuàn le ?
你 或者 你 家裏 的 人 是不是 跟 誰 結怨 了 ?

Huò shì dézuì le shénme rén ?
或 是 得罪 了 什麼 人 ?

屋主： wū zhǔ
Méiyǒu wa ! Méi zhāorě shénme rén .
沒有 哇 ! 沒 招惹 什麼 人。

警察： jǐng chá
Zuìjìn shōudào zhuīzhài diànhuà le ma ? Nǐ qiàn gāolìdài
最近 收到 追債 電話 了 嗎 ? 你 欠 高利貸

de qián ma ?
的 錢 嗎 ?

屋主： wū zhǔ
Wǒmen cónglái bù gēn rénjia jièqián .
我們 從來 不 跟 人家 借錢。

警察： jǐng chá
Fùjìn fāxiàn zhuīzhài gàoshi le ma ?
附近 發現 追債 告示 了 嗎 ?

wū zhǔ　　Wǒ xiǎng qilai le！Hái zhēn yǒu！Jiù zài hòu jiē
屋主　：我　想　起來　了！還　真　有！就　在　後街

　　　　guǎi jiǎor。Āiya！Jièqián de bú shì wǒ！Tāmen rèncuò
　　　　拐角兒。哎呀！借錢　的　不是　我！他們　認錯

　　　　rén le！
　　　　人　了！

（二）在 公眾 地方 打架

zài gōngzhòng dìfang dǎjià

jǐng chá　　Zhùshǒu！Tīngdào méiyǒu！
警　察　：住手！聽到　沒有！

xián yí rén jiǎ　　Shì tāmen xiān dòngshǒu de！Ā ，kuài bǎ
嫌疑人甲　：是　他們　先　動手　的！阿 Sir，快　把

　　　　tāmen zhuā qilai！
　　　　他們　抓　起來！

xián yí rén yǐ　　Shì nǐmen tiāoxìn zài xiān！
嫌疑人乙　：是　你們　挑釁　在　先！

jǐng chá　　Bié chǎo！Xiān bǎ xiōngqì dōu fàngxià！Fàng dào
警　察　：別　吵！先　把　兇器　都　放下！放　到

　　　　dìxia ，bǎ shǒu jǔ qilai！… Jiūjìng fāshēng
　　　　地下，把　手　舉　起來！……究竟　發生

　　　　le shénme shì？
　　　　了　什麼　事？

xián yí rén jiǎ　　Ā ，wǒ de péngyou shòushāng le！
嫌疑人甲　：阿 Sir，我　的　朋友　　受傷　了！

jǐng chá　　Wǒmen dì-yī shíjiān jiàole jiùhùchē ，hěn kuài
警　察　：我們　第一　時間　叫了　救護車，很　快

　　　　jiù lái le。Nǐmen yídàbāng rén bànyè-sāngēng zài
　　　　就　來　了。你們　一大幫　人　半夜三更　在

　　　　jiēshang huàngyou shénme？
　　　　街上　晃悠　什麼？

xián yí rén yǐ　　Wǒmen gāngcái zài jiǔbā hējiǔ ，méi gàn fēifǎ de
嫌疑人乙　：我們　剛才　在　酒吧喝酒，沒　幹　非法的

shì ya .
事 呀。

xián yí rén jiǎ　Wǒmen yě shì ya . Dàn tāmen chuān hālúnkù ,
嫌疑人甲　：　我們 也 是 呀。但 他們 穿 哈倫褲、

　　　　　　　dài cū xiàngliàn de nàge rén dèng wǒ .
　　　　　　　戴 粗 項鏈 的 那個人 瞪 我。

xián yí rén bǐng　Shuí ràng nǐ chòng wǒ nǚpéngyou chuī kǒushào !
嫌疑人丙　：　誰 讓 你 衝 我 女朋友 吹 口哨！

jǐng chá　Bié chǎo le ! Wúlùn fāshēng shénme shì dōu bù
警 察　：　別 吵 了！無論 發生 什麼 事 都 不

　　　　néng dǎjià . Yīnwèi nǐmen zài gōngzhòng dìfang
　　　　能 打架。因為 你們 在 公眾 地方

　　　　dǎjià , xiànzài wǒmen yào dàibǔ nǐmen . Xiànzài
　　　　打架，現在 我們 要 逮捕 你們。 現在

　　　　wǒ jǐngjiè nǐ 　　nǐ bùyídìng yào shuō , chúfēi nǐ
　　　　我 警誡 你：你 不一定 要 說，除非 你

　　　　zìjǐ xiǎng shuō , dàn wúlùn nǐ shuō shénme ,
　　　　自己 想 說，但 無論 你 說 什麼，

　　　　wǒ dōu huì yòng bǐ　　jìlù xiàlai , kěnéng huì yòng
　　　　我 都 會 用 筆 記錄 下來，可能 會 用

　　　　lái zuò zhènggòng . Nǐ míngbai ma ?
　　　　來 作 證供。你 明白 嗎？

tōu jǐnggàir
（三） 偷 井蓋兒

jǐng chá　Xiānsheng , tíngyitíng !
警 察　：　先生 ，停一停！

xián yí rén　Jǐng… jǐngchá xiānsheng , nín jiào wǒ ?
嫌疑人　：　警⋯⋯警察 先生 ，您 叫 我？

jǐng chá　Shēngēng-bànyè de , nǐ wānzhe yāo , zài mǎlù
警 察　：　深更半夜 的，你 彎着 腰，在 馬路

　　　　shang gàn shénme ?
　　　　上 幹 什麼？

xián yí rén 嫌疑人 ：	Wǒ… wǒ wǎnfàn chī de tài duō le ，wǒ… hēihēi！ 我……我 晚飯 吃 得 太 多 了，我…… 嘿嘿！
jǐng chá 警察 ：	Jǐnggàir běnlái zài zhège wèizhi，wèishénme pǎo dào 井蓋兒 本來 在 這個 位置， 為什麼 跑 到 nàli qù le ？ 那裏 去 了？
xián yí rén 嫌疑人 ：	Yuānwang a！Zhēn shì yuānwang a！Bú shì wǒ 冤枉 啊！真 是 冤枉 啊！不 是 我 gàn de . 幹 的。
jǐng chá 警察 ：	Bú shì nǐ gàn de ，nǐ názhe tiěgōur gàn shénme？ 不 是 你 幹 的，你 拿着 鐵鈎兒 幹 什麼？
xián yí rén 嫌疑人 ：	Tiěgōur？Zhè… ，wǒ… 鐵鈎兒？ 這……，我……
jǐng chá 警察 ：	Rénzāng-bìnghuò，nǐ hái xiǎng dǐlài？Qǐng nǐ gēn 人贓並獲 ，你 還 想 抵賴？請 你 跟 wǒmen huíqu diàochá . 我們 回去 調查 。
xián yí rén 嫌疑人 ：	Shízài duìbuqǐ！Wǒ jiù xiǎng huàn liǎng gè qiánr， 實在 對不起！我 就 想 換 兩 個 錢兒， yě méi shārén méi fànghuǒ，nín gāotái guìshǒu， 也 沒 殺人 沒 放火，您 高抬 貴手， ráole wǒ zhè yì huí ba！Qiúqiu nín le！ 饒了 我 這 一 回 吧！求求 您 了！
jǐng chá 警察 ：	Duìbuqǐ！Jǐngchá shì zhífǎzhě，wǒ zài gōngzuò。 對不起！警察 是 執法者，我 在 工作。

二、 詞語 🎧 5-2

（一）課文詞語

嫌疑 xiányí	潑油漆 pō yóuqī	鑰匙孔 yàoshikǒng
堵上 dǔshang	倒霉 dǎoméi	結怨 jiéyuàn
招惹 zhāorě	追債 zhuīzhài	高利貸 gāolìdài
告示 gàoshì	挑釁 tiǎoxìn	究竟 jiūjìng
晃悠 huàngyou	項鏈 xiàngliàn	逮捕 dàibǔ
鐵鈎兒 tiěgōur	人贓並獲 rénzāng-bìnghuò	

高抬貴手 gāotái-guìshǒu 　　饒了我 ráole wǒ

執法者 zhífǎzhě

（二）補充詞語和短句

埋伏 máifu	囚犯 qiúfàn	洩漏 xièlòu
起鬨 qǐhòng	賣淫 màiyín	猥褻 wěixiè
搗亂 dǎoluàn	滋事分子 zīshì fènzǐ	
聚眾鬧事 jùzhòng nàoshì	神情呆滯 shénqíng dāizhì	
絞盡腦汁 jiǎojìn-nǎozhī	掩人耳目 yǎnrén-ěrmù	
百密一疏 bǎimì-yìshū	一網打盡 yìwǎng-dǎjìn	
自簽擔保 zìqiān dānbǎo	藥物過敏 yàowù guòmǐn	

保險箱密碼 bǎoxiǎnxiāng mìmǎ

無理狡三分 wúlǐ jiǎo sān fēn

三、粵普對照 🎧 5-3

粵	普
鎖匙窿	鑰匙孔 yàoshikǒng
黑仔	倒霉 dǎoméi
拉佢	把他抓起來 bǎ tā zhuā qilai
板仔褲	哈倫褲 hālúnkù / 吊襠褲 diàodāngkù / 兜襠褲 dōudāngkù
轉角位	拐角兒 guǎijiǎor
渠蓋	井蓋兒 jǐnggàir
唔制	不肯 bù kěn / 不幹 bú gàn
好濕碎	小意思 xiǎoyìsi
街邊檔	（街上的）小攤兒 xiǎotānr
瞌眼瞓	打瞌睡 dǎ kēshuì
死雞撐飯蓋	死鴨子嘴硬 sǐ yāzi zuǐyìng

四、 練習

1. 幾人一組，先預設一個情境（例如：某住宅區發生家庭暴力），分別扮演相關人士，練習會話。

2. 將以下提供的詞語串聯成一段話。

　　黑燈瞎火 hēidēng-xiāhuǒ　　　　夜深人靜 yèshēn-rénjìng

　　東張西望 dōngzhāng-xīwàng　　　可疑 kěyí

截查 jiéchá   拘捕 jūbǔ

3. 利用同音字學普通話是個很快捷的方法，尤其是粵普發音差
   異大的字。試為下面的字寫出同音字（最少 8 個）。

   例子：

   秩 制 質 窒 擲 治 滯 志 至 置 稚 智 緻 幟 摯

   序 續 敍 緒 蓄 絮 酗 旭 恤

   (1) 毅 _____

      力 _____

   (2) 束 _____

      縛 _____

ànfā xiànchǎng
案發 現場（二）

一、課文 🎧 6-1

háizi zǒudiū le
（一）孩子 走丟 了

yóu kè
遊客：

Jǐngchá xiānsheng ，wǒ de nǚ'ér bú jiàn le ! Zāo le !
警察 先生 ，我 的 女兒 不 見 了！糟 了！

zěnmebàn na !
怎麼辦 哪！

jǐng chá
警察：

Zhè wèi tàitai ，nǐ lěngjìng yíxià ，bǎ qíngkuàng gàosu wǒ .
這 位 太太，你 冷靜 一下，把 情況 告訴 我。

yóu kè
遊客：

Wǒ dài nǚ'ér guàng shāngdiàn ，kě tā yìzhuǎnyǎn jiù bú
我 帶 女兒 逛 商店 ，可 她 一轉眼 就 不

jiàn le !
見 了！

jǐng chá
警察：

Duō cháng shíjiān le ?
多 長 時間 了？

yóu kè
遊客：

Kuài bàn ge zhōngtóu le !
快 半 個 鐘頭 了！

jǐng chá
警察：

Nǐmen shì yóukè ma ? Chúle nǐmen mǔnǚ ，hái yǒu qítā
你們 是 遊客 嗎？除了 你們 母女 ，還 有 其他

rén ma ?
人 嗎？

yóu kè
遊客：

Wǒmen jiā jiù wǒmen liǎ rén lái ，wǒmen shì gēntuán
我們 家 就 我們 倆 人 來 ，我們 是 跟團

lái de .
來 的。

jǐng chá	Dǎoyóu ne? Qítā tuányǒu ne?
警察：	導遊 呢？其他 團友 呢？

yóu kè	Yí jìn zhè ge shāngchǎng, dàjiā jiù jiěsàn le.
遊客：	一 進 這 個 商場 ，大家 就 解散 了。

jǐng chá	Dǎoyóu zhīdao ma?
警察：	導遊 知道 嗎？

yóu kè	Tā zhīdao. Tā xiànzài zhǎo wǒ nǚ'ér qù le.
遊客：	他 知道。他 現在 找 我 女兒 去 了。

jǐng chá	Nǐ nǚ'ér shēnshang yǒu néng zhèngmíng shēnfèn de
警察：	你 女兒 身上 有 能 證明 身份 的
	dōngxi ma?
	東西 嗎？

yóu kè	Méiyǒu … duìle! Wǒ ná le yì zhāng jiǔdiàn de
遊客：	沒有 …… 對了！我 拿 了 一 張 酒店 的
	míngpiàn fàng zài tā de bēibāo li le!
	名片 放 在 她 的 背包 裏 了！

jǐng chá　Nǐ zuòdeduì！Gàosu wǒ nǐ nǚ'ér de yàngmào tèzhēng，
警 察 ： 你 做得對！告訴 我 你 女兒 的 樣貌 特徵 ，

wǒ tōngzhī kòngzhì zhōngxīn.
我 通知 控制 中心 。

yóu kè　Tā sì suì，shū liǎng tiáo xiǎobiànr，chuān lánsè tàotóu
遊 客 ： 她 四歲，梳 兩 條 小辮兒 ， 穿 藍色 套頭

máoyī，lánsè qúnzi，shì gézi tú'àn de，bái wàkù、
毛衣， 藍色 裙子，是 格子 圖案 的，白 襪褲 、

bái xuēzi，bēi yí gè Jídìmāo xíngzhuàng de xiǎobēibāo，
白 靴子，背 一 個 吉蒂貓 形狀 的 小背包 ，

bàozhe yí gè yángwáwa…
抱着 一 個 洋娃娃 ……

bàoqiè
（二） 爆竊

jǐng chá　Nǐ shuō nǐmen jiā yǐqián yě bèi bàoqiè guò？
警 察 ： 你 說 你們 家 以前 也 被 爆竊 過？

shì mín　Shì，zài dàqiánnián.
市 民 ： 是，在 大前年 。

jǐng chá　Nǐ bàojǐng le ma？
警 察 ： 你 報警 了 嗎？

shì mín　Wǒ bàojǐng le.
市 民 ： 我 報警 了。

jǐng chá　Chúle dàmén bèi qiào，chuānghu ne？
警 察 ： 除了 大門 被 撬 ， 窗戶 呢？

shì mín　Kěnéng dàmén méi néng qiàokāi ba，qièfěi dǎpòle zhè
市 民 ： 可能 大門 沒 能 撬開 吧，竊匪 打破了 這

shàn bōlichuāng. Kànlái shì bǎ shǒu shēn jinlai，dǎkāi
扇 玻璃窗 。 看來 是 把 手 伸 進來，打開

chuānghu de.
窗戶 的 。

jǐng chá　Nǐ chūmén zhīqián chuānghu shì guānzhe de ma？
警 察 ： 你 出門 之前 窗戶 是 關着 的 嗎？

shì mín
市 民：我 每天　上班　之前 都 會 檢查，今天 也
Wǒ měitiān shàngbān zhīqián dōu huì jiǎnchá，jīntiān yě
不 例外，窗戶 都 關好 了。
bú lìwài，chuānghu dōu guānhǎo le。

jǐng chá
警 察：最近 附近 發現　可疑 人物 了嗎？
Zuìjìn fùjìn fāxiàn　kěyí rénwù le ma？

shì mín
市 民：對不起，我 沒　留意。
Duìbuqǐ，wǒ méi　liúyì。

jǐng chá
警 察：少了 哪些 東西？
Shǎole nǎxiē dōngxi？

shì mín
市 民：現在　知道 的，手錶 不見 了。大衣櫃 的
Xiànzài　zhīdao de，shǒubiǎo bú jiàn le。Dàyīguì de
抽屜 被　撬開　了，翡翠 手鐲 和 鑽石 戒指
chōuti bèi qiàokāi　le，fěicuì shǒuzhuó hé zuànshí jièzhi
被 偷 了。
bèi tōu le。

jǐng chá
警 察：你 仔細　點算　一下。
Nǐ zǐxì diǎnsuàn yíxià。

二、詞語 🎧 6-2

（一）課文詞語

糟了 zāole	逛街 guàngjiē	倆人 liǎ rén
導遊 dǎoyóu	解散 jiěsàn	格子 gézi
襪褲 wàkù	靴子 xuēzi	吉蒂貓 Jídìmāo
洋娃娃 yángwáwa	爆竊 bàoqiè	撬鎖 qiàosuǒ
竊匪 qièfěi	玻璃 bōli	例外 lìwài

翡翠 fěicuì　　　手鐲 shǒuzhuó　　　鑽石 zuànshí

戒指 jièzhi　　　口供 kǒugòng

（二）補充詞語和短句

增援 zēngyuán　　　包抄 bāochāo　　　湊數 còushù

押金 yājīn　　　騷擾 sāorǎo　　　彆扭 bièniu

吝嗇 lìnsè　　　荒廢 huāngfèi　　　隱藏 yǐncáng

匕首 bǐshǒu　　　警笛 jǐngdí　　　迴避 huíbì

顛倒 diāndǎo　　　噪音 zàoyīn　　　看熱鬧 kàn rènao

裝糊塗 zhuāng hútu　末班車 mòbānchē　　冒失鬼 màoshiguǐ

打架鬥毆 dǎjià-dòu'ōu

兩敗俱傷 liǎngbài-jùshāng

捅了一刀 tǒngle yì dāo

欠一屁股債 qiàn yí pìgu zhài

聲音沙啞 shēngyīn shāyǎ

連鍋端 liánguōduān（一鑊撬起）

藕荷色 ǒuhésè　　　肉色 ròusè　　　咖啡色 kāfēisè

褐色 hèsè　　　天藍色 tiānlánsè　　　湖藍 húlán

橘黃色 júhuángsè　　橘紅色 júhóngsè　　墨綠 mòlǜ

草綠 cǎolǜ　　　檸檬黃 níngménghuáng

土黃色 tǔhuángsè

三、粵普對照 🎧6-3

粵	普
紮辮仔	梳小辮兒 shū xiǎobiànr
搬屋	搬家 bānjiā
櫃桶	抽屜 chōuti
頸鏈	項鏈 xiàngliàn
落口供	記錄口供 jìlù kǒugòng
睇水	把風 bǎfēng
闊落	寬敞 kuānchǎng
螺絲批	螺絲刀 luósīdāo
跛腳佬	瘸子 quézi / 瘸腿的人 quétuǐ de rén

四、練習

1. 一個人扮演報案後在現場等候警察的報案者,兩個人扮演接報之後趕到的警察,進行會話練習。

2. 補充詞語中提到了幾種顏色,想想哪些東西是這幾種顏色的,然後説一説。

   例:我的辦公桌是褐色的,張小姐的毛衣是藕荷色的。

3. 目擊證人:先把全班學員分成幾大組,然後按下面的順序進行説話練習。

（1）第一組學員到教室外面，選其中一個學員扮演「可疑人物」，其他學員提供衣服、飾物給「可疑人物」。（如眼鏡、圍巾、外套及背囊等）

（2）裝扮好的「可疑人物」快速打開教室門，站在門口兩秒鐘，然後再快速離開教室。

（3）教室中的學員當「目擊證人」，説出「可疑人物」的特徵。

（4）「可疑人物」及第一組學員回到教室。教師講評説話情況。

（5）其他組別依次進行。

4. 將下列句子用普通話説出來，留意有橫線的詞語。

（1）你啲豬朋狗友 一日到黑喺度偷呃拐騙。

（2）你鬼鬼鼠鼠喺度做乜嘢？

（3）呢間舖頭啲款包羅萬有，顏色七彩繽紛。

（4）你仲喺度咪咪摸摸？如果趕唔切，就前功盡廢啦！

（5）佢一緊張就面紅耳熱，講嘢甩甩磕磕。

（6）佢呢個人就中意過橋抽板，你小心啲！

第7課　　**辦理 證件**
bànlǐ　zhèngjiàn

一、 課文 7-1

（一） 拍照 及 掃描 指紋
pāizhào jí sǎomiáo zhǐwén

工 作 人 員：現在 要 掃描 指紋。 請 伸出
gōng zuò rén yuán　Xiànzài yào sǎomiáo zhǐwén. Qǐng shēnchū

右手 大拇指，放 在 上面 。對！
yòushǒu dàmǔzhǐ, fàng zài shàngmian. Duì!

然後 是 左手 。
Ránhòu shì zuǒshǒu.

市 民：對不起！ 手指頭 有 油 ，我 想
shì mín　Duìbuqǐ! Shǒuzhǐtou yǒu yóu, wǒ xiǎng

擦一擦。
cāyicā.

工 作 人 員：濕紙巾 在 那裏…… 好 啦！ 指紋 掃完
gōng zuò rén yuán　Shīzhǐjīn zài nàli… hǎo la! Zhǐwén sǎowán

了。 現在 拍 照片 。
le. Xiànzài pāi zhàopiàn.

市 民：我 不 想 戴 眼鏡 拍 ，能 把 眼鏡
shì mín　Wǒ bù xiǎng dài yǎnjìng pāi, néng bǎ yǎnjìng

摘了 嗎？
zhāile ma?

工 作 人 員：你 平時 戴 眼鏡 嗎？
gōng zuò rén yuán　Nǐ píngshí dài yǎnjìng ma?

市 民：我 平時 戴 眼鏡 。
shì mín　Wǒ píngshí dài yǎnjìng.

gōng zuò rén yuán Nà jiù bié zhāi. Zhàoxiàng yǒu guìdìng, yào
工 作 人 員：那 就 別 摘。 照相 有 規定 ，要

lòuchū méimao hé ěrduo. Nǐ de liúhǎir tài
露出 眉毛 和 耳朵。你 的 劉海兒 太

cháng le, nǐ bǎ tóufa wǎngshàng bōyibō,
長 了，你 把 頭髮 往上 撥一撥，

lòuchū méimao.
露出 眉毛 。

shì mín Kěyǐ le ma?
市 民 ：可以 了 嗎？

gōng zuò rén yuán　Háishì wǎngxià diào . Nàli yǒu qiǎzi ，nǐ bǎ
工 作 人 員 ：還是 往下 掉 。那裏 有 卡子，你 把

tóufa bié yíxià ba … Hǎo ！Zài bǎ tóufa bō
頭髮 別 一下 吧 …… 好 ！再 把 頭髮 撥

dào ěrduo hòumiàn ，lòuchū ěrduo .
到 耳朵 後面 ，露出 耳朵。

shì mín　Wǒ zài zhàozhao jìngzi ，bǔbu zhuāng . Zhèyàng
市 民 ：我 再 照照 鏡子，補補 妝 。 這樣

xíngle ma ?
行了 嗎?

gōng zuò rén yuán　Xíngle ！Yǎnjìng yǒu diǎnr fǎnguāng ，
工 作 人 員 ：行 了！眼 鏡 有 點兒 反 光 ，

wǎngshàng tuōyituō . Duì ！Jiù zhèyàng . Nǐ
往上 托一托 。對！就 這樣 。你

xiànzài yí gè jiānbǎng gāo ，yí gè jiānbǎng
現在 一個 肩膀 高，一 個 肩膀

dī ，zuǒbiān jiānbǎng shāowēi táigāo yìdiǎnr .
低，左邊 肩膀 稍微 抬高 一點兒。

Bié tuóbèi . Hǎo ！
別 駝背 。 好 ！

（二）遞交 表格
dìjiāo biǎogé

zhí yuán　Lǎo xiānsheng ，nín tiánhǎo biǎogé le ma ? Tiánhǎole jiù
職 員 ：老 先生 ，您 填好 表格 了嗎 ？填好了 就

gěi wǒ . Bǎ qítā zīliào yě yíkuàir gěi wǒ .
給 我 。把 其他 資料 也 一塊兒 給 我。

lǎo rén　Biǎo zài zhèli . Xiǎojiě ，wǒ bù zhīdào zhè fèn wénjiàn
老 人 ：表 在 這裏 。小姐 ，我 不 知道 這 份 文件

yàobuyào ? Ò ，hái yǒu zhè fèn .
要不要 ？哦，還 有 這 份。

zhí yuán　Nín gāncuì quán gěi wǒ ba ，wǒ bāng nín kàn… Zhè jǐ
職 員 ：您 乾脆 全 給 我 吧，我 幫 您 看…… 這 幾

fèn yòng bùzháo，nín ná huiqu．
份　用　不着，您　拿　回去。

老人：
lǎo rén　　Hǎo，wǒ bǎ tā shōuhǎo．
老人：　好，我 把它　收好　。

zhí yuán　Nín bié zháojí，zhèxiē zīliào hěn zhòngyào，qiānwàn　bù
職員：　您　別　着急，這些　資料　很　重要　，千萬　不

néng nòngdiū le，nín mànmàn shōuhǎo，wǒ děng nín．
能　弄丟 了，您　慢慢　收好　，我　等　您。

lǎo rén　Wǒ　shōuhǎo　le．Gūniang，xièxie　nǐ！Nǐ zhēn yǒu
老人：　我　收好　了。姑娘，謝謝 你！你　真　有

nàixīn．Rén lǎo le，shǒujiǎo jiù màn le．
耐心。人　老 了，手腳　就　慢 了。

zhí yuán　Bú yòng xiè！Hǎo，nín de zīliào dōu qí le，nín dào
職員：　不　用　謝！好　，您 的 資料　都 齊 了，您 到

nàbiān zuò yíhuìr，děng jiào hàor．
那邊　坐 一會兒，等　叫　號兒。

lǎo rén　Wǒ ěrbèi，wànyī　wǒ tīng bù qīngchu zěnmebàn　ne？
老人：　我　耳背，萬一　我　聽 不 清楚　怎麼辦　呢？

zhí yuán　Bié dānxīn，wǒmen huì fǎnfù jiào．Nàbiān yǒu yíngmù，
職員：　別　擔心　，我們　會 反覆　叫　。那邊　有　熒幕，

gāi lúndào nǎge hàomǎ，huì dǎchū shùzì，nín tīng bù
該　輪到　哪個　號碼　，會　打出　數字　，您　聽 不

qīngchu de huà，kěyǐ kàn yíngmù．Zài bùxíng，wǒmen
清楚　的 話　，可以 看　熒幕　。再 不行　，我們

huì zhǎo nín．
會　找　您。

zhàopiàn bù fúhé yāoqiú
（三）照片　不 符合　要求

zhí yuán　Xiānsheng，nǐ de zīliào qí le，dàn nǐ de xiàngpiàn
職員：　先生　，你 的 資料 齊 了，但 你 的　相片

bùxíng．
不行　。

市民 ： Zěnme bùxíng？Dàxiǎo zhèng héshì.
怎麼 不行？大小 正 合適。

職員 ： Dàxiǎo héshì，dàn bù fúhé guīgé，yǒu bèijǐng.
大小 合適，但 不 符合 規格 ，有 背景 。

市民 ： Nà yòu zěnme le？
那 又 怎麼 了？

職員 ： Nín méi zǐxì kàn shēnqǐng xūzhī ba？Hùzhào
您 沒 仔細 看 申請 須知 吧？ 護照

xiàngpiàn yǒu yǎngé de guīgé. Bǐrú bèijǐng yánsè，
相片 有 嚴格 的 規格。比如 背景 顏色、

dàxiǎo děngděng. Nín zhè zhāng shì zài jiā li zhào de
大小 等等 。您 這 張 是 在 家裏 照 的

ba？Hòumiàn hǎoxiàng shì … yīguì？
吧？ 後面 好像 是 ……衣櫃？

市民 ： Fǎnzhèng shì yí gè yánsè de，yòu bú shì huāhuālǜlǜ de
反正 是 一 個 顏色 的，又 不 是 花花綠綠 的

bèijǐng. Nǐ jiù tōngróng yíxià ba.
背景 。你 就 通融 一下 吧。

職員 ： Bùxíng，wǒmen yào àn guīdìng bànshì.
不行 ，我們 要 按 規定 辦事。

市民 ： Guīdìng，guìdìng！Nǐ bànshì zěnme nàme sǐbǎn na！
規定 、規定 ！你 辦事 怎麼 那麼 死板 哪！

職員 ： Xiānsheng，jiùshì wǒ xiǎng tōngróng，wǒ yě méi zhè
先生 ，就是 我 想 通融 ，我 也 沒 這

gè quánlì ya. Hùzhào shì hěn zhòngyào de shēnfèn
個 權力 呀。 護照 是 很 重要 的 身份

zhèngmíng wénjiàn，nǐ zǒu dào nǎli，tā jiù péizhe
證明 文件 ，你 走 到 哪裏，它 就 陪着

nǐ dào nǎli，nǐ yě bù xīwàng còuhe tiē zhāng xiàngpiàn
你 到 哪裏，你 也 不 希望 湊合 貼 張 相片

ba？Nàbiān yǒu zìzhù zhàoxiàng de，nǐ qù nàr
吧？ 那邊 有 自助 照相 的，你 去 那兒

pāi jiù xíng le.
拍 就 行了。

shì mín　Nà...　zhǐnéng　zhèyàng　le .
市民：那……　只能　　這樣　了。

二、詞語 🎧7-2

（一）課文詞語

掃描 sǎomiáo	大拇指 dàmǔzhǐ	濕紙巾 shīzhǐjīn
摘下 zhāixia	眉毛 méimao	頭髮 tóufa
撥一撥 bōyibō	稍微 shāowēi	遞交 dìjiāo
乾脆 gāncuì	着急 zháojí	熒幕 yíngmù
合適 héshì	須知 xūzhī	嚴格 yángé
通融 tōngróng	死板 sǐbǎn	貼照片 tiē zhàopiàn

（二）補充詞語和短句

遺失 yíshī	損壞 sǔnhuài	補發 bǔfā
簽發 qiānfā	回執 huízhí	國籍 guójí
蓄意 xùyì	審批 shěnpī	探親 tànqīn
申領 shēnlǐng	補領 bǔlǐng	報失 bàoshī
撤銷 chèxiāo	偽造 wěizào	監牢 jiānláo
拱北 Gǒngběi	刷卡 shuākǎ	出入境 chū-rùjìng
戶口簿 hùkǒubù	確認書 quèrènshū	逾期居留 yúqī jūliú
取消戶籍 qǔxiāo hùjí	假結婚團夥 jiǎjiéhūn tuánhuǒ	

三、粵普對照 🎧7-3

粵	普
攞籌	拿號兒 ná hàor
撞聾	耳背 ěrbèi
橫掂	反正 fǎnzhèng
求其	湊合 còuhe
留蔭（前額）	劉海兒 liúhǎir
髮夾	髮卡 fàqiǎ / 卡子 qiǎzi / 髮夾 fàjiā
膊頭	肩膀 jiānbǎng
寒背	駝背 tuóbèi
整唔見咗	弄丟了 nòngdiū le
唔知擺響邊	不知道放哪裏了 bù zhīdào fàng nǎli le

四、練習

1. 兩人一組，一人扮作工作人員，一人扮作市民，市民去辦理證件。

2. 邊説邊改：將粵語改為普通話。

   （1）萬一攞唔到籌，你就白行一次，盞嘥時間。網上申請穩陣啲。

   （2）揸簽證到台灣，唔喺呢度申請，要去香港中華旅行社，喺……

（3）申請出世紙要有醫院開嘅出生證明，仲要父母結婚證書、定居證等有效證件。

（4）問：我想喺網上舉報違反入境條例罪行，但係表格唔夠位寫，點算？

答：你撳「加頁」，就會開新一頁，喺上面打字就得啦。

（5）問：假設我 2017 年 7 月 1 日入香港，海關批准我留 7 日。我到底應該幾多號離境？7 號定 8 號？

答：8 號。逗留期限嘅屆滿日期係由入境後第二日起計。訪客必須喺逗留期屆滿日或者之前離開香港。

（6）問：來香港嘅旅客如果違反逗留條例，最高刑罰係乜嘢？

答：根據香港《入境條例》第 115 章第 41 條，一經定罪，最高罰款港幣五萬蚊同埋坐監兩年。

3. 朗讀練習。

香港輔助警察隊（輔警隊）由社會各階層的志願人士組成，早於 1914 年成立，擁有悠久而光輝的歷史。隨着環境的轉變，當局不時修訂輔警隊的職責和組織。

輔警隊一直執行原先成立時的職能，就是提供訓練有素的後備人手，在應付緊急事故時支援正規人員。輔警隊會繼續依循警務處處長按現行的行動優次而指令的支援形式和人數動員。輔警隊的組織及指揮架構已與正規警隊融合。

輔警隊員與正規人員在制服上唯一的分別是輔警隊員的肩章印有英文字母「A」作識別。

tiáojiě jiūfēn
調解 糾紛

一、課文 🎧 8-1

páiduì děng lǎnchē
（一）排隊 等 纜車

yóu kè jiǎ 遊 客 甲	Tā qiā wǒ de bózi ! ：他 掐 我 的 脖子！
yóu kè yǐ 遊 客 乙	Tā jiū wǒ de tóufa ! Tā… ：他 揪 我 的 頭髮！他……
jǐng chá 警 察	Bié chǎo le ! Jiūjìng zěnme huí shì ? ：別 吵 了！究竟 怎麼 回事？
yóu kè jiǎ 遊 客 甲	Tā chāduì ! Wǒmen lǎolǎoshíshí páile bàn tiān duì ：他 插隊！我們 老老實實 排了 半 天 隊 le , tāmen dào hǎo , yì lái jiù jiāsāir . 了，他們 倒 好，一 來 就 加塞兒。
yóu kè yǐ 遊 客 乙	Wǒ běnlái jiù pái zài zhèr , gāngcái shàng cèsuǒ ：我 本來 就 排 在 這兒，剛才 上 廁所 qù le . 去 了。
jǐng chá 警 察	Qǐng wèn nǐ yǒu zhèngrén ma ? ：請 問 你 有 證人 嗎？
yóu kè yǐ 遊 客 乙	Zhè… ：這 ……
jǐng chá 警 察	Rúguǒ méiyǒu rén nénggòu zhèngmíng nǐmen ：如果 沒有 人 能夠 證明 你們 yuánxiān pái zài zhèli , wǒ yě hěn nán bāng nǐ . 原先 排 在 這裏，我 也 很 難 幫 你。

yóu kè yǐ 遊客乙 ：	Zhè... wǒmen bàngwǎn jiù zuò fēijǐ zǒu le , 這 …… 我們 傍晚 就 坐 飛機 走 了 , háizi tèbié xiǎng qù shāndǐng wánr , suǒyǐ... 孩子 特別 想 去 山頂 玩兒 , 所以 ……
yóu kè jiǎ 遊客甲 ：	Nǐmen bàngwǎn cái zǒu , wǒmen xiàwǔ jiù yào líkāi 你們 傍晚 才 走 , 我們 下午 就 要 離開 Xiānggǎng le ! 香港 了 !
jǐng chá 警察 ：	Qǐng xiān tīng wǒ shuō , zhè wèi xiānsheng . 請 先 聽 我 說 , 這 位 先生 。 Nǐmen kàn , páiduì děng lǎnchē de dàbùfen dōu shì 你們 看 , 排隊 等 纜車 的 大部分 都 是 yóukè , dàjiā zài Xiānggǎng dòuliú de shíjiān dōu 遊客 , 大家 在 香港 逗留 的 時間 都 bù duō , yòu yào gòuwù , yòu yào yóulǎn , shíjiān 不 多 , 又 要 購物 , 又 要 遊覽 , 時間

dōu hěn jǐn . Dàjiā páiduì , jīhuì jūnděng , zhè cái
都 很 緊。大家 排隊，機會 均等 ，這 才

gōngpíng . Duìbuduì ?
公平 。對不對 ?

遊客乙 (yóu kè yǐ)：
Duì ya ! Nà tā yě bù néng jiū wǒ de tóufa ya !
對 呀！那 他 也 不 能 揪 我 的 頭髮 呀！

遊客甲 (yóu kè jiǎ)：
Shì nǐ xiān qiā wǒ bózi de !
是 你 先 掐 我 脖子 的！

警察 (jǐng chá)：
Qǐng liǎng wèi dōu lěngjìng yíxià ! Qiā bózi , jiū
請 兩 位 都 冷靜 一下 ！掐 脖子、揪

tóufa dōu bú duì . Nǐmen shuí shòushāng le ?
頭髮 都 不 對。你們 誰 受傷 了？

遊客甲、(yóu kè jiǎ)
遊客乙 (yóu kè yǐ)：
Nà dào méiyǒu …
那 倒 沒有 ……

警察 (jǐng chá)：
Chūwài lǚyóu běn yīng kāikāi-xīnxīn de , shìbushì ?
出外 旅遊 本 應 開開 心心 的，是不是 ?

Liǎng wèi shì héjiě ne ? Háishì dōu gēn wǒmen
兩 位 是 和解 呢？還是 都 跟 我們

qù jǐngshǔ ?
去 警署 ?

遊客甲 (yóu kè jiǎ)：
Wǒ cái bú qù jǐngshǔ ne .
我 才 不 去 警署 呢。

遊客乙 (yóu kè yǐ)：
Wǒ yě bú qù .
我 也 不 去。

（二）不 能 隨地 大小便
bù néng suídì dà-xiǎobiàn

警察 (jǐng chá)：
Dàodǐ shénme shì ?
到底 什麼 事 ?

路人甲 (lù rén jiǎ)：
Tā ràng háizi zài dàtíng-guǎngzhòng zhīxià sāniào .
他 讓 孩子 在 大庭廣眾 之下 撒尿。

路人乙：孩子憋不住了。大人能忍，孩子能忍嗎？

路人甲：我說他，他還惡人先告狀，說我打人。我沒打他，就是……

警察：就是什麼？

路人甲：就是揪着他的衣服跟他講理。隨地大小便有礙觀瞻，不文明，也不衛生。這裏那麼多外國遊客，簡直給中國人丟臉！

路人乙：小孩子怕什麼，又不是大人。

路人甲：孩子也不行！

路人乙：你是誰呀？你有什麼資格管我，吃飽了撐的！

警察：行了！行了！這位先生，在香港，任何人都不能隨地大小便，也包括孩子。再說，作為家長，當着這麼多人給孩子脫褲子，也要顧及

háizi de zìzūn . Qíshí Xiānggǎng měi gè shāngchǎng
孩子 的自尊 。其實 香港 每 個 商場

li dōu yǒu cèsuǒ , rúguǒ zhǐshì bù qīngchu , kěyǐ
裏 都 有 廁所，如果 指示 不 清楚 ，可以

wènwen rén .
問問 人。

lù rén jiǎ **路人甲**	:	Qiáoqiao ! Wǒ shuō de duì ba ! 瞧瞧 ！我 説 得 對 吧！

jǐng chá **警察**	:	Zhè wèi xiǎojiě , yǒu huà yě yào hǎohāo shuō . Nǐ 這位 小姐 ，有 話 也 要 好好 説。你

rènwèi zhè wèi xiānsheng de xíngwéi bù wénmíng ,
認為 這 位 先生 的 行為 不 文明 ，

nǐ jiūzhu rénjia de yīfu sìhū yě búshì wénmíng de
你 揪住 人家 的 衣服 似乎 也 不是 文明 的

xíngwéi ba ?
行為 吧？

lù rén jiǎ **路人甲**	:	Zhè... wǒ... yě yǒu bú duì de dìfang . 這……我……也 有 不 對 的 地方。

jǐng chá **警察**	:	qǐng wèn hái yǒu shénme xūyào wǒ bāngmáng ? 請 問 還 有 什麼 需要 我 幫忙 ？

lù rén jiǎ **路人甲、** lù rén yǐ **路人乙**	:	Méiyǒu le . 沒有 了。

二、詞語 🎧8-2

(一) 課文詞語

調解 tiáojiě	糾紛 jiūfēn	纜車 lǎnchē
掐住 qiāzhù	脖子 bózi	頭髮 tóufa
老老實實 lǎolǎoshíshí		逗留 dòuliú

遊覽 yóulǎn　　　　大庭廣眾 dàtíng-guǎngzhòng

撒尿 sāniào　　　　憋住 biēzhu

有礙觀瞻 yǒu'ài guānzhān

丟臉 diūliǎn　　　　資格 zīgé

脫褲子 tuō kùzi　　自尊 zìzūn

瞧瞧 qiáoqiao　　　揪住 jiūzhu

似乎 sìhū

（二）補充詞語和短句

輔警 fǔjǐng　　　　爭執 zhēngzhí　　　接觸 jiēchù

處罰 chǔfá　　　　滑頭 huátóu　　　　插座 chāzuò

現編 xiànbiān　　　欺負人 qīfu rén　　尿褲子 niào kùzi

背黑鍋 bēihēiguō　　　　　　　　口香糖 kǒuxiāngtáng

不划算 bù huásuàn　　　　　　　　板着臉 bǎnzhe liǎn

煙灰缸 yānhuīgāng　　　　　　　　大嗓門兒 dàsǎngménr

摳門兒 kōuménr

建築工地 jiànzhù gōngdì

裝瘋賣傻 zhuāngfēng-màishǎ

推卸責任 tuīxiè zérèn

收拾殘局 shōushi cánjú

九牛二虎之力 jiǔ niú èr hǔ zhī lì

三、粵普對照 🎧 8-3

粵	普
叉頸	掐脖子 qiā bózi
搣頭髮	揪頭髮 jiū tóufa
打尖	加塞兒 jiāsāir / 插隊 chāduì
屙屎屙尿	拉屎撒尿 lāshǐ sāniào
瀨屎瀨尿	拉褲子 lā kùzi / 尿褲子 niào kùzi
我話佢	我說他 wǒ shuō tā
沙塵 / 串嘴	傲慢 àomàn / 狂妄 kuángwàng / 狂 kuáng
大模斯樣	大模大樣 dàmú-dàyàng
隨地揼垃圾	隨地扔垃圾 suídì rēng lājī
食飽飯等屎屙	吃飽了撐的 chībǎole chēng de
上契	認乾親 rèngānqīn
起錶價	起步價 qǐbùjià

四、練習

1. 三人一組。假設兩人發生糾紛，警察調解。注意：扮演發生糾紛的兩人商討說話內容時，扮警察的學員需迴避。

2. 兩位學員站到前面，做動作，其他學員說出他們做的動作。如需要，做動作的學員可以解釋，例如做出攙扶動作時，可

以説：「我們在過馬路」。其他學員説：「李小姐攙着陳小姐過馬路。」

參考詞語：

  捂着眼睛 wǔzhe yǎnjing   拽着衣服 zhuàizhe yīfu

  摟着腰 lǒuzhe yāo   踢他一腳 tī tā yì jiǎo

  踹他兩下 chuài tā liǎng xià

  揪耳朵 jiū ěrduo   搓手 cuōshǒu

3. 邊改邊説：將粵語改為普通話。

（1）阿伯，你收音機唔好開咁大聲得唔得呀？有人投訴㗎。

（2）對唔住！咁多人都睇到你打尖，你要到後面重新排過。

（3）小事嚟嘅，隻眼開隻眼閉啦。

（4）你係唔係借大耳窿錢？定佢哋點錯相？

（5）我知你擺咗喺褲袋度，你自己攞出來。

第9課

hǎiguān jǔbào rèxiàn
海關 舉報 熱線

一、課文 🎧 9-1

chùfàn Xūjiǎ Shāngpǐn Shuōmíng Tiáolì
(一) 觸犯 「虛假 商品 說明 條例」

guān yuán　Nǐ hǎo！Zhèli shì hǎiguān rèxiàn．Wǒ néng bāng nǐ
關 員：你 好！這裏 是 海關 熱線。我 能 幫 你

zuò shénme？
做 什麼？

shì mín　　Yǒu yì jiā cāntīng tígōng xūjiǎ shāngpǐn
市 民：有 一 家 餐廳 提供 「虛假 商品

shuōmíng
說明 」。

guān yuán　Qǐng nǐ shuōshuo jùtǐ qíngkuàng．
關 員：請 你 說說 具體 情況 。

shì mín　　Tāmen zài bàozhǐ shang dēng guǎnggào ，
市 民：他們 在 報紙 上 登 廣告 ，

shuō xiāofèi mǎn sānbǎi sòng bàn zhī lóngxiā．Wǒ
說 消費 滿 三百 送 半 隻 龍蝦。我

zhōngwǔ qù le ，dàn tāmen shuō wǎnfàn cái sòng．
中午 去 了，但 他們 說 晚飯 才 送。

Zhè míngbǎizhe shì piànrén！
這 明擺着 是 騙人！

guān yuán　Guǎnggào xiěle zhǐyǒu wǎnfàn sòng lóngxiā ma？
關 員：廣告 寫了只有 晚飯 送 龍蝦 嗎？

shì mín　　Dāngrán méiyǒu！Tāmen shì chǔxīn-jīlù qīpiàn
市 民：當然 沒有 ！他們 是 處心積慮 欺騙

116

gùkè . Zuì lìng rén qìfèn de shì , wǒ zhìwèn tāmen ,
顧客。最 令 人 氣憤 的 是 ，我 質問 他們，

tāmen hái qiǎngcí-duólǐ . Zhè gēn yòng gān luópiàn
他們 還 強詞奪理 。這 跟 用 乾 螺片

màochōng gān bàoyúpiàn , yòng niújīn màochōng
冒充 乾 鮑魚片 ，用 牛筋 冒充

lùjīn yǒu shénme fēnbié ?
鹿筋 有 什麼 分別？

guān yuán　　Nà jiā cāntīng zài nǎli ? Jiào shénme míngzi ?
關　員 ： 那 家 餐廳 在 哪裏？ 叫 什麼 名字？

shì mín　　Zài… míngzi jiào Tiāntiān Cāntīng .
市 民 ： 在……名字 叫「 天天 餐廳 」。

guān yuán　　Nà zhāng guǎnggào nǐ rēngle ma ?
關　員 ： 那 張 廣告 你 扔了 嗎？

shì mín　　Méiyǒu , wǒ hái liúzhe ne .
市 民 ： 沒有 ，我 還 留着 呢。

guān yuán　　Qǐng gàosu wǒ shì nǎ fèn bàozhǐ , nǎ tiān de …
關　員 ： 請 告訴 我 是 哪 份 報紙 ，哪 天 的 ……

hǎo , wǒ dōu jì xialai le . Xièxie nǐ ! Wǒ gěi nǐ
好 ，我 都 記 下 來 了。謝謝 你！我 給 你

yí gè jǔbào biānhào , nǐ yǒu bǐ ma ? Qǐng xiě
一 個 舉報 編號 ，你 有 筆 嗎？ 請 寫

xialai , .
下來，A12345。

shì mín　　Jǔbào biānhào ? Gànmá yòng de ?
市 民 ： 舉報 編號 ？ 幹嘛 用 的？

guān yuán　　Jiǎrú nǐ yòu xiǎngqǐle shénme yào bǔchōng , yì
關　員 ： 假如 你 又 想起了 什麼 要 補充 ，一

shuō zhè ge biānhào jiù xíng le .
説 這 個 編號 就 行 了。

jǔbào fànmài dàobǎn guāngpán
(二) 舉報 販賣 盜版 光盤

shì mín
市 民 ：
Wǒ xiànzài zài Shàngshuǐ huǒchēzhàn fùjìn . Yǒu
我 現在 在 上水 火車站 附近。有

gè mài guāngpán de xiǎotānr , wǒ huáiyí mài de shì
個 賣 光盤 的 小攤兒 ，我 懷疑 賣 的 是

dàobǎnhuò .
盜版貨 。

guān yuán
關 員 ：
Nǐ shì dì-yī cì kàn jian ma?
你 是 第一 次 看見 嗎？

shì mín
市 民 ：
Yǒu sān tiān le . Dōu zài tóng yí gè wèizhi bǎi tānr .
有 三 天 了。都 在 同 一 個 位置 擺 攤兒。

guān yuán
關 員 ：
Qǐng nǐ miáoshù yíxià zhège rén de tèzhēng , bǐrú
請 你 描述 一下 這個 人 的 特徵 ，比如

shēngāo , chuān de yīfu děng .
身高 、 穿 的 衣服 等。

市民 (shì mín)：
Shēngāo dàyuē yì mǐ qī líng, píngtóu. Chuān yí
身高 大約 一米七 零, 平頭。 穿 一
jiàn kāfēisè de yuánlǐng xiànyī, wàimiàn shì yí jiàn
件 咖啡色 的 圓領 線衣, 外面 是 一 件
qiǎnlǜsè jiākè. Chuān yì shuāng jiājiǎo tuōxié.
淺綠色 夾克。 穿 一 雙 夾腳 拖鞋。

關員 (guān yuán)：
Tā yǒu tónghuǒ ma?
他 有 同夥 嗎?

市民 (shì mín)：
Hǎoxiàng méiyǒu, jiù kànjiàn tā yí gè rén.
好像 沒有, 就 看見 他 一 個人。

關員 (guān yuán)：
Qǐng gàosu wǒ xiángxì wèizhi ... hǎo, nǐ tígōng de
請 告訴 我 詳細 位置 …… 好, 你 提供 的
zīliào wǒ yǐjīng jì xialai le. Xièxie! Nǐ néng liú gè
資料 我 已經 記 下來 了。謝謝! 你 能 留 個
diànhuà ma? Wǒmen juéduì bǎomì.
電話 嗎? 我們 絕對 保密。

市民 (shì mín)：
Xíng! Wǒ de diànhuà shì   .
行! 我 的 電話 是 99887766。

(三) 要求 退貨 (yāoqiú tuìhuò)

遊客 (yóu kè)：
Qǐng wèn shì Xiānggǎng Hǎiguān ma?
請 問 是 香港 海關 嗎?

關員 (guān yuán)：
Nǐ hǎo! Zhèli shì Xiānggǎng Hǎiguān.
你 好! 這裏 是 香港 海關。

遊客 (yóu kè)：
Wǒ yào bào'àn! Wǒ zuótiān mǎile gè shǒutíbāo,
我 要 報案! 我 昨天 買了 個 手提包,
mǎi de shíhou méi shíjiān zǐxì jiǎnchá, huí dào
買 的 時候 沒 時間 仔細 檢查, 回到
jiǔdiàn cái fāxiàn zhìliàng hěn chà. Jīntiān wǒ qù
酒店 才 發現 質量 很 差。 今天 我 去
nà jiā shāngdiàn tuìhuò, tāmen bú gàn. Nàli de
那家 商店 退貨, 他們 不 幹。那裏 的

fúwù sùzhì hěn chà , tàidù èliè . Nǐmen yídìng děi
服務 素質 很 差，態度 惡劣 。 你們 一定 得

bāngbang wǒ .
幫幫 我。

guān yuán　Duìbuqǐ , zhè wèi tàitai , wǒmen hǎiguān zhǐ
關　員 ： 對不起， 這 位 太太， 我們 海關 只

fùzé xíngshì jiǎnkòng , tuìhuò de shì , shì Xiāofèizhě
負責 刑事 檢控 ， 退貨 的 事，是 消費者

Wěiyuánhuì fùzé , qǐng nǐ dǎ diànhuà dào nàr
委員會 負責， 請 你 打 電話 到 那兒

wènwen , tāmen de diànhuà hàomǎ shì
問問 ，他們 的 電話 號碼 是 29292222。

yóu kè　Nǐmen zěnme zhèyàng a ! Wǒ míngtiān jiù líkāi
遊 客 ： 你們 怎麼 這樣 啊！我 明天 就 離開

Xiānggǎng le , wǒ nǎr yǒukòngr dǎ diànhuà . Nǐmen
香港 了，我 哪兒 有空兒 打 電話 。 你們

bù dōu shì zhèngfǔ dānwèi ma ? Zěnme néng bǎ
不 都 是 政府 單位 嗎？怎麼 能 把

yóukè tuīlái-tuīqù ne !
遊客 推來推去 呢！

guān yuán　Shízài duìbuqǐ ! Xiānggǎng zhèngfǔ de fēngōng shì
關　員 ： 實在 對不起！ 香港 政府 的 分工 是

zhèyàng de , wǒmen bù néng yuèquán . Xiāofèizhě
這樣 的， 我們 不 能 越權 。 消費者

Wěiyuánhuì de gōngzuò rényuán huì bāng nǐ . Zhēnde
委員會 的 工作 人員 會 幫 你 。 真的

hěn bàoqiàn !
很 抱歉 !

二、詞語 (9-2)

（一）課文詞語

虛假 xūjiǎ	處心積慮 chǔxīn-jīlǜ	欺騙 qīpiàn
質問 zhìwèn	強詞奪理 qiǎngcí-duólǐ	螺片 luópiàn
鮑魚 bàoyú	鹿筋 lùjīn	販賣 fànmài
盜版 dàobǎn	光盤 guāngpán	小攤兒 xiǎotānr
描述 miáoshù	夾克 jiākè	同夥 tónghuǒ
詳細 xiángxì	絕對 juéduì	質量 zhìliàng
素質 sùzhì	惡劣 èliè	刑事 xíngshì
檢控單位 jiǎnkòng dānwèi		

（二）補充詞語和短句

關稅 guānshuì	單據 dānjù	淨重 jìngzhòng
條例 tiáolì	檢驗 jiǎnyàn	配額 pèi'é
狡辯 jiǎobiàn	舢板 shānbǎn	燃油 rányóu
水域 shuǐyù	追捕 zhuībǔ	暗格 àngé
貨棧 huòzhàn	盯着 dīngzhe	警覺性 jǐngjuéxìng
大塊頭 dàkuàitóu	明細單 míngxìdān	兌換率 duìhuànlǜ
騎縫章 qífèngzhāng	侵犯版權 qīnfàn bǎnquán	
陰謀詭計 yīnmóu-guǐjì	虛張聲勢 xūzhāng-shēngshì	
海關封誌 hǎiguān fēngzhì	海關鉛封 hǎiguān qiānfēng	

（三）部分品牌名稱

agnès B	阿尼亞斯貝 Āníyàsībèi
Salvatore Ferragamo	菲格拉慕 Fēigélāmù / 薩爾瓦多・菲格拉慕 Sà'ěrwǎduō Fēigélāmù
Longchamp	瓏驤 Lóngxiāng
Celine	賽琳 Sàilín
Ermenegildo Zegna	傑尼亞 Jiéníyà
Hermès	愛馬仕 Àimǎshì
Polo Ralph Laure	拉夫・勞倫馬球 Lāfū Láolúnmǎqiú
Swank	詩韻 Shīyùn
Aquascutum	雅格獅丹 Yǎgéshīdān
Armani	阿瑪尼 Āmǎní
Prada	普拉達 Pǔlādá
Bottega Veneta	寶緹嘉 Bǎotíjiā / BV
Versace	范思哲 Fànsīzhé
Coach	寇馳 Kòuchí
L'OCCITANE.	歐舒丹 Ōushūdān
Clean & Clear	可伶可俐 Kělíngkělì
Biotherm	碧歐泉 Bì'ōuquán
Lamborghini	蘭博基尼 Lánbójīní
Christian Dior	迪奧 Dí'ào / 克麗絲汀・迪奧 Kèlìsītīng Dí'ào / CD
Mercedes-Benz	奔馳 Bēnchí
Kappa	卡帕 Kǎpà / 背靠背 Bèikàobèi
Reebok	銳步 Ruìbù

粵	普
堅嘢（指貨物）	真貨 zhēnhuò / 真的（貨物）zhēnde
爆料	告發 gàofā / 說實話 shuō shíhuà / 說真話 shuō zhēnhuà
舖頭	商店 shāngdiàn / 店舖 diànpù / 舖子 pùzi
呃秤	在秤砣上做手腳 zài chèngtuó shang zuò shǒujiǎo
樽領	高領 gāolǐng
啡色	咖啡色 kāfēisè
大偈	輪機長 lúnjīzhǎng
人字拖	夾腳拖鞋 jiājiǎo tuōxié
你實走唔甩	你肯定跑不掉 nǐ kěndìng pǎo búdiào
實牙實齒話係佢	一口咬定是他 yì kǒu yǎodìng shì tā

四、練習

1. 兩人一組，一個人扮作海關官員，一個人扮作舉報者，舉報者打電話來，海關關員接聽。

2. 圍繞今天（或最近）的熱點新聞發表看法。每人兩分鐘短講。

3. 普通話的「哪」和「那」發音不同，意思也不同。請把「哪」或「那」填在括號內，然後讀一讀，最後自己用這兩個字造句。

(1) 你 10 號晚上 12 點在（　　）裏？

(2) 既然鎖定了目標，（　　）就趕快行動吧！

(3) 你真的不知道他在（　　）兒？

(4) 你別在（　　）裏假裝好人了，（　　）是沒用的！

(5) （　　）裏！（　　）裏！（　　）是很久以前的事了，別誇我了。

(6) 他（　　）會這麼幹，（　　）是你瞎猜的。

(7) （　　）個是你的？這個還是（　　）個？

第 10 課　交警 執勤（一）
jiāojǐng　zhíqín

一、課文 🎧 10-1

（一）進了 死胡同
jìnle sǐhútòng

駕駛者 jià shǐ zhě	：阿 Sir，我 不 知道 這 是 條 死胡同，這 Ā , wǒ bù zhīdào zhè shì tiáo sǐhútòng , zhè 條 路 那麼 窄，沒 辦法 掉頭，必須 tiáo lù nàme zhǎi , méi bànfǎ diàotóu , bìxū 倒車 。 dàochē .
交通警 jiāotōngjǐng	：知道 路 窄 還 不 小心 點兒。 Zhīdào lù zhǎi hái bù xiǎoxīn diǎnr .
老奶奶 lǎonǎinai	：他 不 鳴笛、不 打燈，差 點兒 撞倒 Tā bù míngdí , bù dǎdēng , chà diǎnr zhuàngdǎo 我，好在 有 這 輛 嬰兒車 擋着。 wǒ , hǎozài yǒu zhè liàng yīng'érchē dǎngzhe .
交通警 jiāotōngjǐng	：老奶奶，您 受傷 了嗎？ Lǎonǎinai , nín shòushāng le ma ?
老奶奶 lǎonǎinai	：那 倒 沒有，但 被 他 嚇了 一大跳。幸虧 Nà dào méiyǒu , dàn bèi tā xiàle yídàtiào . Xìngkuī 我 兒媳婦 先 抱 我 孫女 上樓 了，如果 wǒ érxífu xiān bào wǒ sūnnü shànglóu le , rúguǒ 我 孫女 還 坐 在 這 輛 嬰兒車 裏， wǒ sūnnü hái zuò zài zhè liàng yīng'érchē li , 後果 不堪設想 ！ hòuguǒ bùkān-shèxiǎng !

jià shǐ zhě
駕駛者 ：阿 Sir，這 位 老奶奶 什麼 事

Ā, zhè wèi lǎonǎinai shénme shì

dōu méiyǒu, wǒ... wǒ jiùshì mǎngzhuàng le
都 沒 有，我⋯⋯我 就是 莽撞 了

yìdiǎnr. Méishì le ba? Wǒ néngbunéng...
一點兒。沒事 了吧？我 能不能 ⋯⋯

lǎo nǎi nai
老 奶 奶 ：他 一點兒 安全 駕駛的 意識 都 沒有 ！要

Tā yìdiǎnr ānquán jiàshǐ de yìshi dōu méiyǒu ! Yào

zhòngfá, bùnéng jiù ràng tā zhème zǒu le. Tā
重罰 ，不 能 就 讓 他 這麼 走 了。他

hái děi péi wǒ yīng'érchē ne !
還 得 賠 我 嬰兒車 呢！

126

交通警：<ruby>你<rt>Nǐ</rt></ruby> <ruby>急着<rt>jízhe</rt></ruby> <ruby>上<rt>shàng</rt></ruby> <ruby>哪兒<rt>nǎr</rt></ruby> <ruby>去<rt>qù</rt></ruby>？<ruby>請<rt>Qǐng</rt></ruby> <ruby>把<rt>bǎ</rt></ruby> <ruby>駕照<rt>jiàzhào</rt></ruby> <ruby>拿<rt>ná</rt></ruby> <ruby>出來<rt>chulai</rt></ruby>。

駕駛者：<ruby>好<rt>Hǎo</rt></ruby>！<ruby>好<rt>Hǎo</rt></ruby>！<ruby>我<rt>Wǒ</rt></ruby> <ruby>拿<rt>ná</rt></ruby>。<ruby>咦<rt>Yí</rt></ruby>？<ruby>駕照<rt>Jiàzhào</rt></ruby> <ruby>呢<rt>ne</rt></ruby>？

交通警：<ruby>快<rt>Kuài</rt></ruby> <ruby>點兒<rt>diǎnr</rt></ruby>……<ruby>哦<rt>Ò</rt></ruby>！<ruby>怪不得<rt>Guàibude</rt></ruby> <ruby>你<rt>nǐ</rt></ruby> <ruby>急着<rt>jízhe</rt></ruby> <ruby>走<rt>zǒu</rt></ruby>，<ruby>原來<rt>yuánlái</rt></ruby> <ruby>你<rt>nǐ</rt></ruby> <ruby>的<rt>de</rt></ruby> <ruby>駕駛<rt>jiàshǐ</rt></ruby> <ruby>執照<rt>zhízhào</rt></ruby> <ruby>過期<rt>guòqī</rt></ruby> <ruby>了<rt>le</rt></ruby>！

駕駛者：<ruby>實在<rt>Shízài</rt></ruby> <ruby>對不起<rt>duìbuqǐ</rt></ruby>！<ruby>阿<rt>Ā</rt></ruby> Sir！<ruby>我<rt>Wǒ</rt></ruby> <ruby>家<rt>jiā</rt></ruby> <ruby>裏<rt>li</rt></ruby> <ruby>最近<rt>zuìjìn</rt></ruby> <ruby>有<rt>yǒu</rt></ruby> <ruby>事<rt>shì</rt></ruby>，<ruby>我<rt>wǒ</rt></ruby> <ruby>爸<rt>bà</rt></ruby> <ruby>病危<rt>bìngwēi</rt></ruby>，<ruby>我<rt>wǒ</rt></ruby> <ruby>沒<rt>méi</rt></ruby> <ruby>時間<rt>shíjiān</rt></ruby> <ruby>去<rt>qù</rt></ruby> <ruby>續<rt>xù</rt></ruby>，<ruby>請<rt>qǐng</rt></ruby> <ruby>您<rt>nín</rt></ruby> <ruby>給<rt>gěi</rt></ruby> <ruby>我<rt>wǒ</rt></ruby> <ruby>一<rt>yí</rt></ruby> <ruby>個<rt>gè</rt></ruby> <ruby>機會<rt>jīhuì</rt></ruby>，<ruby>我<rt>wǒ</rt></ruby> <ruby>馬上<rt>mǎshàng</rt></ruby> <ruby>就<rt>jiù</rt></ruby> <ruby>去<rt>qù</rt></ruby> <ruby>續<rt>xù</rt></ruby>！

交通警：<ruby>對不起<rt>Duìbuqǐ</rt></ruby>！<ruby>警察<rt>Jǐngchá</rt></ruby> <ruby>是<rt>shì</rt></ruby> <ruby>執法者<rt>zhífǎzhě</rt></ruby>，<ruby>要<rt>yào</rt></ruby> <ruby>按<rt>àn</rt></ruby> <ruby>法律<rt>fǎlù</rt></ruby> <ruby>規定<rt>guìdìng</rt></ruby> <ruby>辦事<rt>bànshì</rt></ruby>。

（二）<ruby>急剎車<rt>jíshāchē</rt></ruby>

交通警：<ruby>為什麼<rt>Wèishénme</rt></ruby> <ruby>報警<rt>bàojǐng</rt></ruby>？

陸先生：<ruby>阿<rt>Ā</rt></ruby> Sir，<ruby>他<rt>tā</rt></ruby> <ruby>打<rt>dǎ</rt></ruby> <ruby>我<rt>wǒ</rt></ruby>！

盧先生：<ruby>是<rt>Shì</rt></ruby> <ruby>他<rt>tā</rt></ruby> <ruby>先<rt>xiān</rt></ruby> <ruby>違反<rt>wéifǎn</rt></ruby> <ruby>交通<rt>jiāotōng</rt></ruby> <ruby>規則<rt>guīzé</rt></ruby>！

交通警：<ruby>你們<rt>Nǐmen</rt></ruby> <ruby>這麼<rt>zhème</rt></ruby> <ruby>吵<rt>chǎo</rt></ruby>，<ruby>我<rt>wǒ</rt></ruby> <ruby>都<rt>dōu</rt></ruby> <ruby>聽<rt>tīng</rt></ruby> <ruby>不<rt>bù</rt></ruby> <ruby>清楚<rt>qīngchu</rt></ruby> <ruby>了<rt>le</rt></ruby>！<ruby>你<rt>Nǐ</rt></ruby> <ruby>先<rt>xiān</rt></ruby> <ruby>說<rt>shuō</rt></ruby>。

盧先生： 他沒打尾燈就突然停車，我在他後面，趕緊急剎車，差一點兒就撞上他的車了。我媽也在車裏，老人家有心臟病，嚇得直叫。

交通警： 伯母怎麼樣？

盧先生： 現在沒事了。就因為這樣，我才下車找他評理。

陸先生： 什麼評理，他打我，太野蠻了！

盧先生： 誰讓你不承認錯誤、不道歉，還強詞奪理！

交通警： 都把駕照拿出來……陸先生，你為什麼突然停下來？

陸先生： 有個老太太看樣子想過馬路，我怕她突然衝出馬路，就急忙剎車，來不及打燈。

交通警： 你按喇叭了嗎？老太太衝出馬路了嗎？

陸先生：

Lù xiānsheng　Méi àn. Lǎotàitai　yě méi　chōngchū　mǎlù.
沒 按。老太太 也 沒　衝出　馬路。

Duìbuqǐ!
對不起!

交通警：

jiāo tōng jǐng　Lù xiānsheng，kànlái nǐ zhīdào zìjǐ cuò zài nǎr
陸　先生　，看來 你 知道 自己 錯 在 哪兒

le. Lú xiānsheng nǐ ne，nǐ de chē gànma gēn de
了。盧　先生 你 呢，你 的 車 幹嘛 跟 得

nàme jìn，bù zhīdào yīnggāi bǎochí zuì shǎo yí gè
那麼 近，不 知道 應該 保持 最少 一 個

chēshēn de jùlí ma? Nǐmen liǎ dōu yǒu cuò. Lù
車身 的 距離 嗎? 你們 倆 都 有 錯。陸

xiānsheng bú duì zài xiān，dào gè qiàn nàme nán
先生 不 對 在 先，道 個 歉 那麼 難

ma? Lú xiānsheng píqi nàme dà，dòngbudòng
嗎? 盧　先生 脾氣 那麼 大，　動不動

jiù huīquán.
就　揮拳 。

陸、盧：

Lù　Lú　Hěn bàoqiàn! Máfan nín le!
很　抱歉! 麻煩 您 了!

二、詞語 🔊10-2

（一）課文詞語

執勤 zhíqín	駕駛 jiàshǐ	死胡同 sǐhútòng
很窄 hěn zhǎi	倒車 dàochē	鳴笛 míngdí
喇叭 lǎba	撞倒 zhuàngdǎo	一輛 yí liàng
擋住 dǎngzhù	嚇一跳 xiàyitiào	幸虧 xìngkuī
兒媳婦 érxífu	不堪設想 bùkān-shèxiǎng	

莽撞 mǎngzhuàng　　意識 yìshi

懲罰 chéngfá　　駕駛執照 jiàshǐ zhízhào

剎車 shāchē　　野蠻 yěmán

心臟病 xīnzàngbìng　　脾氣 píqi

揮拳 huīquán

（二）補充詞語和短句

雨刷 yǔshuā　　引擎 yǐnqíng　　會車 huìchē

限速 xiànsù　　追尾 zhuīwěi　　潮濕 cháoshī

酒駕 jiǔjià　　碾過 niǎnguò　　停穩 tíngwěn

氣缸 qìgāng　　耐磨 nàimó　　澆鑄 jiāozhù

鬆脫 sōngtuō　　凹陷 āoxiàn

安全島 ānquándǎo

低速擋 dīsùdǎng

連環撞 liánhuánzhuàng

駕駛員 jiàshǐyuán

酒精測試 jiǔjīng cèshì

地下通道 dìxià tōngdào

肇事司機 zhàoshì sījī

蹭了一下 cèngle yíxià

三、粵普對照 🎧10-3

粵	普
雪糕筒	交通錐 jiāotōngzhuī / 錐形路標 zhuīxíng lùbiāo / 錐形筒 zhuīxíngtǒng / 紅帽子 hóngmàozi / 方尖塔 fāngjiāntǎ
郁啲（就打人）	動不動（就打人）dòngbudòng
掘頭路	死胡同 sǐhútòng
好彩	幸虧 xìngkuī
車牌	駕駛執照 jiàshǐ zhízhào
跟車太貼	跟得太近 gēn de tài jìn
壆	隔離帶 gélídài / 隔離墩 gélídūn
水撥	雨刷 yǔshuā
你冇打死火燈	你沒打緊急燈 nǐ méi dǎ jǐnjídēng
踩單車唔可以載人	騎自行車不能帶人 qí zìxíngchē bù néng dài rén

四、練習

1. 兩人一組，一個人扮作交通警，另一個人扮作駕駛者。駕駛者違章駕駛，交通警截查。

2. 辯論：把全班分成兩隊，自定題目辯論。

流程：

(1) 正方開篇立論（2分鐘）

(2) 反方開篇立論（2分鐘）

(3) 反方反駁對方立論（2分鐘）

(4) 正方反駁對方立論（2分鐘）

(5) 雙方隊員輪流自由辯論（6分鐘）

(6) 正方總結陳詞（2分鐘）

(7) 反方總結陳詞（2分鐘）

3. 邊改邊說：將粵語改為普通話。

(1) 水撥壞咗、車頭燈爛咗，咁都夠膽揸出街。你唔怕危險？

(2) 呢度唔准泊車，雪糕筒擺咗喺度。過三個街口有停車場。

(3) 你架車擺呢度，阻住人。

(4) 我幫你影低傷勢，第時呈堂俾官睇。

(5) 你話佢架電單車係咁隊埋嚟？唔係你架車突然停底？

(6) 阿 Sir，求你唔好抄牌得唔得？我今個月已經有兩張牛肉乾啦！

第 11 課　　jiāojǐng　zhíqín
交警 執勤（二）

一、課文 🎧11-1

chēhuò xiànchǎng
（一）車禍　現場

jiāo tōng jǐng
交 通 警： Xiānsheng！Nǐ bié zháojí，qǐng fàngsōng．Nǐ guì
先生！你別着急，請放鬆。你貴

xìng？Wǒ shēnchūle jǐ gè shǒuzhǐtou？Nǐ kàn de
姓？我伸出了幾個手指頭？你看得

qīngchu ma？
清楚嗎？

shāng zhě
傷者： Wǒ xìng Liú．Wǒ kànjiàn liǎng gè shǒuzhǐtou，dàn
我姓劉。我看見兩個手指頭，但

yǒu diǎn móhu．
有點模糊。

jiāo tōng jǐng
交 通 警： Hǎo．Nǐ nǎli shòushāng le？
好。你哪裏受傷了？

shāng zhě
傷者： Wǒ tóuyūn de lìhai，jiéde tiānxuán-dìzhuàn，hái
我頭暈得厲害，覺得天旋地轉，還

xiǎng tù．Háiyǒu，wǒ de yāo dòngtan bùliǎo le．
想吐。還有，我的腰動彈不了了。

jiāo tōng jǐng
交 通 警： Nǐ bié luàndòng！Jiùhùchē mǎshàng jiù lái
你別亂動！救護車馬上就來

le．… Shì shuí bào de jǐng？
了。…… 是誰報的警？

mù jī zhě
目擊者： Wǒ！Shì wǒ bào de jǐng．
我！是我報的警。

交通警：把你看到的告訴我。

目擊者：一輛巴士右拐，和對面一輛出租車撞上了。出租車失控，撞上一輛專線小巴和一輛小轎車。小巴被撞之後撞向隔離墩，小轎車鏟上了人行道，撞壞了欄杆才停下來。

交通警：巴士和出租車的車速快嗎？

目擊者：巴士開得很快，高速拐彎兒，越線撞向出租車，出租車都來不及避開。

交通警：還有補充的嗎？

目擊者：有！撞毀的欄杆碎片砸到對面客貨車的擋風玻璃上，玻璃都碎了，幸虧司機沒受傷。

交通警：謝謝你提供的資料！請把你的個人資料和聯絡方法留給我。

(二) 開罰單 kāi fádān

交通警 jiāo tōng jǐng： 請 立即 把 車 靠 右面 停 下來。
Qǐng lìjí bǎ chē kào yòumiàn tíng xialai.

李先生 Lǐ xiān sheng： 阿 Sir，我 ……
Ā, wǒ …

交通警 jiāo tōng jǐng： 先生，我 剛才 看見 你 越過
Xiānsheng, wǒ gāngcái kànjian nǐ yuèguò

雙白線 。這裏 是 不 能 變換
shuāngbáixiàn. Zhèli shì bù néng biànhuàn

車道 的。
chēdào de.

李先生 Lǐ xiān sheng： 阿 Sir，對不起！我 路 不 熟，走錯 路 了。
Ā, duìbuqǐ! Wǒ lù bù shú, zǒucuò lù le.

交通警 jiāo tōng jǐng： 請 關掉 引擎，出示 你 的 身份證
Qǐng guāndiào yǐnqíng, chūshì nǐ de shēnfènzhèng

和 駕駛 執照 。
hé jiàshǐ zhízhào.

李先生 Lǐ xiān sheng： 實在 對不起！我 越線 之前 看過 了，
Shízài duìbuqǐ! Wǒ yuèxiàn zhīqián kànguò le,

前 後 都 沒 車。
qián hòu dōu méi chē.

交通警 jiāo tōng jǐng： 李 先生，這 不 是 合理 的 辯解 理由 。
Lǐ xiānsheng, zhè bú shì hélǐ de biànjiě lǐyóu.

你 不 依照 道路 標記 開車，對 自己、對
Nǐ bù yīzhào dàolù biāojì kāichē, duì zìjǐ, duì

其他 道路 使用者 構成 危險，我 要
qítā dàolù shǐyòngzhě gòuchéng wēixiǎn, wǒ yào

向 你 提出 檢控 。
xiàng nǐ tíchū jiǎnkòng.

李先生： Lǐ xiān sheng

阿 Sir，我 不是 故意 違反 交通 規則，
Ā，wǒ bú shì gùyì wéifǎn jiāotōng guīzé，

又 沒 出 事兒，給 我 一 次 機會 好 嗎？
yòu méi chū shìr，gěi wǒ yí cì jīhuì hǎo ma？

交通警： jiāo tōng jǐng

對不起！我 不 能 這麼 做。
Duìbuqǐ！wǒ bù néng zhème zuò．

李先生： Lǐ xiān sheng

那 好 吧。
Nà hǎo ba．

交通警： jiāo tōng jǐng

除了 定額 罰款，違例 駕駛 還要 扣 分。
Chúle dìng'é fákuǎn，wéilì jiàshǐ háiyào kòu fēn．

下次 不 能 再 犯 了。
Xiàcì bù néng zài fàn le．

二、詞語 🔊11-2

（一）課文詞語

放鬆 fàngsōng　　頭暈 tóuyūn　　　厲害 lìhai

天旋地轉 tiānxuán-dìzhuàn

動彈不了 dòngtan bùliǎo

失控 shīkòng　　　小轎車 xiǎojiàochē

隔離墩 gélídūn　　鏟上 chǎnshang

欄杆 lángān　　　拐彎兒 guǎiwānr

撞毀 zhuànghuǐ　　碎片 suìpiàn

砸到 zádào　　　擋風玻璃 dǎngfēng bōli

辯解 biànjiě　　　定額罰款 dìng'é fákuǎn

違例 wéilì

（二）補充詞語和短句

啟動 qǐdòng　　　故障 gùzhàng　　　勾選 gōuxuǎn

回執 huízhí　　　氣囊 qìnáng　　　損毀 sǔnhuǐ

套牌 tàopái　　　踩剎車 cǎi shāchē　驗證碼 yànzhèngmǎ

示寬燈 shìkuāndēng　洗滌器 xǐdíqì　　　二把刀 èrbǎdāo

很差 hěnchà（［佢］手車好渣／好屎［他開車］）

車軲轆 chēgūlu（車轆：車輪 chēlún）

魯莽駕駛 lǔmǎng jiàshǐ

137

凌空飛撞 língkōng fēizhuàng

連環相撞 liánhuán xiāngzhuàng

逆向行駛 nìxiàng xíngshǐ

環島行駛 huándǎo xíngshǐ

網上繳費 wǎngshang jiǎofèi　　灰化處理 huīhuà chǔlǐ

違章查詢 wéizhāng cháxún　　行李箱蓋 xínglixiānggài

前／後霧燈 qián/hòu wùdēng　　無鉛汽油 wúqiān qìyóu

交通督導員 jiāotōng dūdǎoyuán

三、粵普對照 🎧11-3

粵	普
棍波	手動擋 shǒudòngdǎng
自動波	自動擋 zìdòngdǎng
入波	入擋 rùdǎng
換低波（行駛）	換低擋 huàn dīdǎng
手制／迫力	手剎 shǒushā/ 腳剎 jiǎoshā
俾告票	提出檢控 tíchū jiǎnkòng
溜後	後溜 hòuliū / 溜車 liūchē
牛肉乾	罰單 fádān
防撞泵把	保險杠 bǎoxiǎngàng
軚	輪胎 lúntāi

四、練習

1. 兩人一組，參考本課及第十課「交通標誌」，以「交通安全」為題進行會話。

2. 找出課文中無規律的輕聲詞語。

   例：清楚

3. 模擬會話：幾人一組，分別扮演交通警察、傷者、目擊者和消防員，模擬車禍現場，練習會話。

   參考詞語：

   擔架 dānjià　　固定 gùdìng　　夾板 jiābǎn

   消毒 xiāodú　　繃帶 bēngdài　　止血 zhǐxuè

   骨折 gǔzhé　　頭疼 tóuténg

   頭暈目眩 tóuyūn-mùxuàn　　流血不止 liúxuè bùzhǐ

   炮彈飛車 pàodàn fēichē　　爆炸 bàozhà

   燃燒起火 ránshāo qǐhuǒ　　火焰衝天 huǒyàn chōngtiān

chū-rùjìng　jiǎnchá
出入境 檢查

一、課文 🎧12-1

(一) 攜帶 違禁品
xiédài　wéijìnpǐn

guānyuán　Zhè wèi tàitai , nín hǎo ! Qǐng wèn yǒu dōngxi yào
關　員：这 位 太太，您 好 ！請 問 有 東西 要

bàoguān ma?
報關 嗎?

shìmín　Wǒ bù chōuyān , méi shénme dōngxi bàoguān .
市 民：我 不 抽煙，沒 什麼 東西 報關 。

guānyuán　Zhè gè sùliàodài li shì shénme ya?
關　員：這 個 塑料袋 裏是 什麼 呀?

shìmín　Méi shénme , méi shénme .
市 民：沒 什麼，沒 什麼 。

guānyuán　Mō qilai ruǎnruǎnhūhū de . Wǒ děi chāikāi lái
關　員：摸 起來 軟軟乎乎 的。我 得 拆開 來

jiǎnchá . Ò , shì jīròu .
檢查 。哦，是 雞肉 。

shìmín　Ò , jī shì jiā li zìjǐ yǎng de , bǎozhèng méiyǒu
市 民：哦，雞 是 家裏 自己 養 的， 保證 沒有

shòu gǎnrǎn .
受 感染 。

guānyuán　Wǒ kànkan . Zhèxiē jīròu búshì quánshú de .
關　員：我 看看 。這些 雞肉 不是 全熟 的。

Xiānggǎng fǎlì guīdìng , jìnkǒu shēng jīròu yào yǒu
香港 法例 規定， 進口 生 雞肉 要 有

shíhuánshǔ de jìnkǒu xǔkězhèng cái xíng .
食環署 的 進口 許可證 才 行。

shì mín Wǒ dàihuí Xiānggǎng zìjǐ chī , bú huì náqù mài .
市 民 : 我 帶回 香港 自己 吃 ，不 會 拿去 賣 。

Wǒ bǎozhèng !
我 保證 !

guān yuán Duìbuqǐ ! Rènhé lǚkè méi jīng xǔkě dài shēngròu
關 員 : 對不起 ！任何 旅客 沒 經 許可 帶 生肉

rùjìng , biàn shì chùfànle Jìn-chūkǒu Tiáolì .
入境 ，便 是 觸犯了 《 進出口 條例》。

141

市民 shì mín ： 聽説 Tīngshuō 現在 xiànzài 賣的 mài de 雞 jǐ 好多 hǎoduō 都 dōu 打 dǎ 激素 jīsù。

這 Zhè 是 shì 親戚 qīnqi 自己 zìjǐ 養 yǎng 的 de，吃着 chīzhe 放心 fàngxīn，我 wǒ 才 cái 帶 dài 點兒 diǎnr 過來 guòlai 給 gěi 兒子 érzi 吃。Jiù 就 qǐng 請 tōngróng 通融 yí 一 cì 次 ba 吧！

關員 guān yuán ： 這位 Zhè wèi 太太 tàitai，我們 wǒmen 要 yào 遵守 zūnshǒu 法律 fǎlǜ。我們 Wǒmen 要 yào 通知 tōngzhī 食環署 shíhuánshǔ 向 xiàng 您 nín 提出 tíchū 檢控 jiǎnkòng，這些 zhèxiē 肉 ròu 也 yě 會 huì 充公 chōnggōng。

市民 shì mín ： 我 Wǒ 把 bǎ 它 tā 扔 rēng 了 le，別 bié 檢控 jiǎnkòng 行不行 xíngbuxíng？

關員 guān yuán ： 對不起 Duìbuqǐ！警察 Jǐngchá 是 shì 執法者 zhífǎzhě，要 yào 按 àn 法律 fǎlǜ 規定 guīdìng 辦事 bànshì。

（二）拒絕 jù jué 孕婦 yùnfù 入境 rù jìng

（在出入境關卡）

助理員 zhù lǐ yuán ： 小朋友 Xiǎopéngyou，你 nǐ 叫 jiào 什麼 shénme 名字 míngzi？

小朋友 xiǎo péng you ： 我 Wǒ 叫 jiào 徐濤 Xú Tāo。

助理員 zhù lǐ yuán ： 小朋友 Xiǎopéngyou，這位 zhè wèi 女士 nǔshì 是 shì 你 nǐ 什麼 shénme 人 rén？

小朋友 xiǎo péng you ： 是 Shì 我 wǒ 媽媽 māma。

zhù lǐ yuán
助理員 ： Zhè wèi nǚshì ，qǐng nǐ dàizhe xiǎopéngyou guòlai
這 位 女士 ， 請 你 帶着 小朋友 過來

yíxià .
一下 。

（在特別室內）

rù jìng zhǔ rèn
入境主任： Zhè wèi nǚshì ，nǐ cóng Běijīng fēilái Xiānggǎng ，
這 位 女士， 你 從 北京 飛來 香港 ，

dǎsuan zài Xiānggǎng dāi duōcháng shíjiān ？
打算 在 香港 待 多長 時間 ？

yùn fù
孕婦 ： Wǒ dài háizi lái wánr ，wánr jǐ tiān jiù huíqu .
我 帶 孩子 來 玩兒 ， 玩兒 幾 天 就 回去 。

Shìbushì ya Xiǎotāo ?
是不是 呀 小濤 ？

xiǎo péng you
小朋友 ： Shì ！Wǒ yào qù Díshìní Lèyuán .
是 ！我 要 去 迪士尼 樂園 。

rù jìng zhǔ rèn
入境主任： Nà qǐng nǐ chūshì nǐ de huíchéng jīpiào ，hǎo ma ？
那 請 你 出示 你 的 回程 機票 ，好 嗎 ？

yùn fù
孕婦 ： Wǒ méi mǎi huíchéng jīpiào ，wǒ zuò gāotiě
我 沒 買 回程 機票 ，我 坐 高鐵

huíqu .
回去 。

rù jìng zhǔ rèn
入境主任： Nǐ zài Xiānggǎng zhù shénme dìfang ？Yǒu dìng
你 在 香港 住 什麼 地方 ？ 有 訂

jiǔdiàn de dānjù ma ？
酒店 的 單據 嗎 ？

yùn fù
孕婦 ： Méiyǒu .Xiānggǎng nàme duō jiǔdiàn ，lǚguǎn ，
沒有 。 香港 那麼 多 酒店 、 旅館 ，

wǒ xiàn zhǎo dōu méi wèntí ba ？
我 現 找 都 沒 問題 吧 ？

rù jìngzhǔrèn
入境主任： Zhè wèi nǚshì ，nǐ kuài yào shēngchǎn le ，
這 位 女士，你 快 要 生產 了 ，

wèile nǐ de ānquán ，qǐng nǐ chūshì Xiānggǎng
為了 你 的 安全 ， 請 你 出示 香港

yīyuàn fāchū de yùyuē quèrènshū, zhèngmíng nǐ
醫院 發出 的 預約 確認書， 證明 你

yǐjīng huòdé Xiānggǎng yīyuàn de yùyuē zhùyuàn
已經 獲得 香港 醫院 的 預約 住院

ānpái.
安排。

孕婦 yùn fù
: Méiyǒu ya! Wǒ méi dǎsuan zài Xiānggǎng
沒有 呀！我 沒 打算 在 香港

shēng háizi. Wǒ wánr jǐ tiān jiù zǒu. Búxìn nǐ
生 孩子。我 玩兒 幾 天 就 走。不信 你

wèn háizi.
問 孩子。

入境主任 rù jìngzhǔrèn
: Duìbuqǐ! Nǐ méiyǒu quèrènshū, nǐ bèi jùjué
對不起！你 沒有 確認書， 你 被 拒絕

rùjìng. Gāngcái yīwù rényuán yǐjīng pànduàn nǐ
入境。 剛才 醫務 人員 已經 判斷 你

huáiyùn chàbuduō yǐjīng zhōu le. Xiàng nǐ
懷孕 差不多 已經 28 週 了。像 你

zhè zhǒng qíngkuàng, wǒmen yǒu quán jùjué nǐ
這 種 情況， 我們 有 權 拒絕 你

rùjìng.
入境。

孕婦 yùn fù
: Píng shénme! Nǐmen píng shénme bú ràng wǒ
憑 什麼！你們 憑 什麼 不 讓 我

rùjìng?
入境？

入境主任 rù jìngzhǔrèn
: Duìbuqǐ! Jīyú hélǐ huáiyí, wǒmen yǒu lǐyóu
對不起！基於 合理 懷疑， 我們 有 理由

xiāngxìn, nǐ hěn yǒu kěnéng zài Xiānggǎng yúqī
相信， 你 很 有 可能 在 香港 逾期

dòuliú shēng háizi, ànzhào Xiānggǎng fǎlì dì
逗留 生 孩子， 按照 香港 法例 第

zhāng Rùjìng Tiáolì fùyǔ de quánlì, jùjué
115 章 《入境 條例》 賦予 的 權力， 拒絕

任何 懷孕 滿 28 週 而 沒有 預約
rènhé huáiyùn mǎn zhōu ér méiyǒu yùyuē

醫院 的 內地 孕婦 入境 。 希望 你 明白 。
yīyuàn de nèidì yùnfù rùjìng . Xīwàng nǐ míngbai .

二、詞語 🎧12-2

（一）課文詞語

攜帶 xiédài　　　　　違禁品 wéijìnpǐn　　塑料袋 sùliàodài

軟軟乎乎 ruǎnruǎnhūhū　拆開來 chāikāi lái　感染 gǎnrǎn

全熟 quánshú　　　　　法例 fǎlì

食物環境衛生署 Shíwù Huánjìng Wèishēngshǔ

許可證 xǔkězhèng　　　觸犯 chùfàn　　　親戚 qīnqi

遵守 zūnshǒu　　　　　檢控 jiǎnkòng　充公 chōnggōng

關卡 guānqiǎ　　　　　孕婦 yùnfù　　　單據 dānjù

確認書 quèrènshū　　　拒絕 jùjué　　　憑什麼 píng shénme

（二）補充詞語及短句

截止 jiézhǐ　　檢疫 jiǎnyì　　　簽證 qiānzhèng

稅率 shuìlǜ　　警犬 jǐngquǎn　　補交 bǔjiāo

銷毀 xiāohuǐ　　蓋章 gàizhāng　　淨重 jìngzhòng

嗎啡 mǎfēi　　法規 fǎguī　　　沒收 mòshōu

扣留 kòuliú　　鈍器 dùnqì　　　開瓶檢查 kāipíng jiǎnchá

完稅價格 wánshuì jiàgé　　稅款收據 shuìkuǎn shōujù

麻醉藥物 mázuì yàowù　　購物憑證 gòuwù píngzhèng

寄艙行李 jìcāng xíngli　　稅款繳納證 shuìkuǎn jiǎonàzhèng

最低徵收額 zuì dī zhēngshōu'é

腐蝕性物品 fǔshíxìng wùpǐn

三、粵普對照 🎧12-3

粵	普
大堂	大廳 dàtīng
行李喼	行李箱 xínglixiāng / 箱子 xiāngzi
膠袋	塑料袋 sùliàodài
縮骨遮	摺疊傘 zhédiésǎn
風筒	吹風機 chuīfēngjī
孫	孫子 sūnzi
有咗	懷孕 huáiyùn / 有喜 yǒuxǐ
生仔	生孩子 shēng háizi
急症室	急診室 jízhěnshì
姑娘（護士）	護士 hùshi

四、練習

1. 兩人一組，一人扮作海關官員或入境處官員，另一人扮作過
   關的人，練習會話。

2. 朗讀練習。

網上舉報違反入境條例罪行

　　如要舉報逾期逗留或聘用非法勞工等有關違反入境條例罪行，可透過互聯網進行舉報，或選擇在網上填寫舉報表格，然後將表格列印並以傳真或郵寄方式交回入境事務處。如欲透過互聯網舉報違反入境條例罪行，只須填妥網上舉報違反入境條例罪行表格，並連同其他相關資料（例如數碼相片或相關文件等）一併上載。能提供的資料愈多，便愈能有助入境事務處調查有關罪行個案及／或將有關罪行個案轉介至其他政府決策部門及相關機構。

（資料來源：香港政府一站通）

3. 在括號內填上「扔」、「丟」或「掉」，然後讀一讀，最後用這三個字串成一段話。

（1）那張單據（　）在文件櫃後面了，拿不出來了。這回麻煩了！

（2）這個已經壞了，（　）了吧！

（3）他早就把它（　）了，現在恐怕已經在堆填區了。

（4）這份文件很重要，你千萬別弄（　）了！

（5）這下麻煩啦！我儲物櫃的鑰匙（　）了，開不了櫃子了！

（6）小王，你的職員證（　）了，快撿起來！

（7）這個可別（　），先放在這兒，以後準有用。

fùlù

附錄

附錄 1　漢語拼音方案

一、字母表

字母	Aa	Bb	Cc	Dd	Ee	Ff	Gg
名稱	ㄚ	ㄅㄝ	ㄘㄝ	ㄉㄝ	ㄜ	ㄝㄈ	ㄍㄝ
	Hh	Ii	Jj	Kk	Ll	Mm	Nn
	ㄏㄚ	ㄧ	ㄐㄧㄝ	ㄎㄝ	ㄝㄌ	ㄝㄇ	ㄋㄝ
	Oo	Pp	Qq	Rr	Ss	Tt	
	ㄛ	ㄆㄝ	ㄑㄧㄡ	ㄚㄦ	ㄝㄙ	ㄊㄝ	
	Uu	Vv	Ww	Xx	Yy	Zz	
	ㄨ	ㄪㄝ	ㄨㄚ	ㄒㄧ	ㄧㄚ	ㄗㄝ	

　　v 只用來拼寫外來語、少數民族語言和方言。字母的手寫體依照拉丁字母的一般書寫習慣。

二、聲母表

b	p	m	f		d	t	n	l
ㄅ玻	ㄆ坡	ㄇ摸	ㄈ佛		ㄉ得	ㄊ特	ㄋ訥	ㄌ勒
g	k	h			j	q	x	
ㄍ哥	ㄎ科	ㄏ喝			ㄐ基	ㄑ欺	ㄒ希	
zh	ch	sh	r		z	c	s	
ㄓ知	ㄔ蚩	ㄕ詩	ㄖ日		ㄗ資	ㄘ雌	ㄙ思	

給漢字注音時，為了使拼式簡短，zh, ch, sh 可以省作 ẑ, ĉ, ŝ。

三、韻母表

	i ㄧ　　衣	u ㄨ　　烏	ü ㄩ　　迂
a ㄚ　　啊	ia ㄧㄚ　呀	ua ㄨㄚ　蛙	
o ㄛ　　喔		uo ㄨㄛ　窩	
e ㄜ　　鵝	ie ㄧㄝ　耶		üe ㄩㄝ　約
ai ㄞ　　哀		uai ㄨㄞ　歪	
ei ㄟ　　欸		uei ㄨㄟ　威	
ao ㄠ　　熬	iao ㄧㄠ　腰		
ou ㄡ　　歐	iou ㄧㄡ　憂		
an ㄢ　　安	ian ㄧㄢ　煙	uan ㄨㄢ　彎	üan ㄩㄢ　冤
en ㄣ　　恩	in ㄧㄣ　因	uen ㄨㄣ　溫	ün ㄩㄣ　暈
ang ㄤ　　昂	iang ㄧㄤ　央	uang ㄨㄤ　汪	
eng ㄥ　　亨的韻母	ing ㄧㄥ　英	ueng ㄨㄥ　翁	
ong （ㄨㄥ）　轟的韻母	iong ㄩㄥ　雍		

（1）「知、蚩、詩、日、資、雌、思」等七個音節的韻母用 i，即：知、蚩、詩、日、資、雌、思等字拼作 zhi, chi, shi, ri, zi, ci, si。

（2）韻母ㄦ寫成 er，用做韻尾的時候寫成 r。例如：「兒童」拼作 ertong，「花兒」拼作 huar。

（3）韻母ㄝ單用的時候寫成 ê。

（4）i 行的韻母，前面沒有聲母的時候，寫成 yi（衣），ya（呀），ye（耶），yao（腰），you（憂），yan（煙），yin（因），yang（央），ying（英），yong（雍）。

u 行的韻母，前面沒有聲母的時候，寫成 wu（烏），wa（蛙），wo（窩），wai（歪），wei（威），wan（彎），wen（溫），wang（汪），weng（翁）。

ü 行的韻母，前面沒有聲母的時候，寫成 yu（迂），yue（約），yuan（冤），yun（暈）；ü 上兩點省略。

ü 行的韻母跟聲母 j, q, x 拼的時候，寫成 ju（居），qu（區），xu（虛），ü 上兩點也省略；但是跟聲母 n, l 拼的時候，仍然寫成 nü（女），lü（呂）。

（5）iou, uei, uen 前面加聲母的時候，寫成 iu, ui, un。例如 niu（牛），gui（歸），lun（論）。

（6）在給漢字注音的時候，為了使拼式簡短，ng 可以省作 ŋ。

四、聲調符號

陰平	陽平	上聲	去聲
ˉ	´	ˇ	`

聲調符號標在音節的主要母音上，輕聲不標。例如：

媽 mā	麻 má	馬 mǎ	罵 mà	嗎 ma
（陰平）	（陽平）	（上聲）	（去聲）	（輕聲）

五、隔音符號

　　a, o, e 開頭的音節連接在其他音節後面的時候，如果音節的界限發生混淆，用隔音符號 （'）隔開，例如：pi'ao（皮襖）。

人體發音器官圖

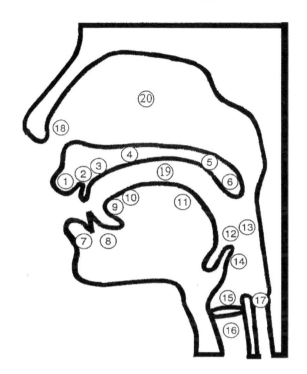

① 上唇 shàngchún　② 上齒 shàngchǐ　③ 齒齦 chǐyín

④ 硬腭 yìng'è　⑤ 軟腭 ruǎn'è　⑥ 小舌 xiǎoshé

⑦ 下唇 xiàchún　⑧ 下齒 xiàchǐ　⑨ 舌尖 shéjiān

⑩ 舌面 shémiàn　⑪ 舌根 shégēn　⑫ 咽頭 yāntóu

⑬ 咽壁 yānbì　⑭ 會厭 huìyàn　⑮ 聲帶 shēngdài

⑯ 氣管 qìguǎn　⑰ 食道 shídào　⑱ 鼻孔 bíkǒng

⑲ 口腔 kǒuqiāng　⑳ 鼻腔 bíqiāng

漢語普通話音節形式表

	b	p	m	f	d	t	n	l	g	k	h	z	c	s	zh	ch	sh	r	j	q	x	(Null)
a	ba	pa	ma	fa	da	ta	na	la	ga	ka	ha	za	ca	sa	zha	cha	sha					a
o	bo	po	mo	fo																		o
e			me		de	te	ne	le	ge	ke	he	ze	ce	se	zhe	che	she	re				e
ai	bai	pai	mai		dai	tai	nai	lai	gai	kai	hai	zai	cai	sai	zhai	chai	shai					ai
ei	bei	pei	mei	fei	dei	tei	nei	lei	gei	kei	hei	zei			zhei		shei					ei
ao	bao	pao	mao		dao	tao	nao	lao	gao	kao	hao	zao	cao	sao	zhao	chao	shao	rao				ao
ou		pou	mou	fou	dou	tou	nou	lou	gou	kou	hou	zou	cou	sou	zhou	chou	shou	rou				ou
an	ban	pan	man	fan	dan	tan	nan	lan	gan	kan	han	zan	can	san	zhan	chan	shan	ran				an
ang	bang	pang	mang	fang	dang	tang	nang	lang	gang	kang	hang	zang	cang	sang	zhang	chang	shang	rang				ang
en	ben	pen	men	fen	den		nen		gen	ken	hen	zen	cen	sen	zhen	chen	shen	ren				en
eng	beng	peng	meng	feng	deng	teng	neng	leng	geng	keng	heng	zeng	ceng	seng	zheng	cheng	sheng	reng				eng
ong					dong	tong	nong	long	gong	kong	hong	zong	cong	song	zhong	chong		rong				
er																						er
ㄨ	bu	pu	mu	fu	du	tu	nu	lu	gu	ku	hu	zu	cu	su	zhu	chu	shu	ru				wu
ua									gua	kua	hua				zhua	chua	shua	rua				wa
uo					duo	tuo	nuo	luo	guo	kuo	huo	zuo	cuo	suo	zhuo	chuo	shuo	ruo				wo
uai									guai	kuai	huai				zhuai	chuai	shuai					wai

final		x	q	j	r	sh	ch	zh	s	c	z	h	k	g	l	n	t	d		m	p	b
ui	wei				rui	shui	chui	zhui	sui	cui	zui	hui	kui	gui			tui	dui				
uan	wan				ruan	shuan	chuan	zhuan	suan	cuan	zuan	huan	kuan	guan	luan	nuan	tuan	duan				
uang	wang					shuang	chuang	zhuang				huang	kuang	guang								
un	wen				run	shun	chun	zhun	sun	cun	zun	hun	kun	gun	lun	nun	tun	dun				
ueng	weng																					
i	yi	xi	qi	ji	ri	shi	chi	zhi	si	ci	zi				li	ni	ti	di		mi	pi	bi
ia	ya	xia	qia	jia											lia			dia				
ie	ye	xie	qie	jie											lie	nie	tie	die		mie	pie	bie
iao	yao	xiao	qiao	jiao											liao	niao	tiao	diao		miao	piao	biao
iu	you	xiu	qiu	jiu											liu	niu		diu		miu		
ian	yan	xian	qian	jian											lian	nian	tian	dian		mian	pian	bian
iang	yang	xiang	qiang	jiang											liang	niang						
in	yin	xin	qin	jin											lin	nin				min	pin	bin
ing	ying	xing	qing	jing											ling	ning	ting	ding		ming	ping	bing
iong	yong	xiong	qiong	jiong																		
ü	yu	xu	qu	ju											lü	nü						
üe	yue	xue	que	jue											lüe	nüe						
üan	yuan	xuan	quan	juan																		
ün	yun	xun	qun	jun																		

中國行政區劃

直轄市 zhíxiáshì

市		簡稱	
北京市	Běijīng Shì	京	Jīng
天津市	Tiānjīn Shì	津	Jīn
上海市	Shànghǎi Shì	滬	Hù
重慶市	Chóngqìng Shì	渝	Yú

省份 shěngfèn

省		簡稱		省會	
黑龍江省	Hēilóngjiāng Shěng	黑	Hēi	哈爾濱市	Hā'ěrbīn Shì
吉林省	Jílín Shěng	吉	Jí	長春市	Chángchūn Shì
遼寧省	Liáoníng Shěng	遼	Liáo	瀋陽市	Shěnyáng Shì
河北省	Héběi Shěng	冀	Jì	石家莊市	Shíjiāzhuāng Shì
山西省	Shānxī Shěng	晉	Jìn	太原市	Tàiyuán Shì
甘肅省	Gānsù Shěng	甘	Gān	蘭州市	Lánzhōu Shì
山東省	Shāndōng Shěng	魯	Lǔ	濟南市	Jǐnán Shì
陝西省	Shǎnxī Shěng	陝	Shǎn	西安市	Xī'ān Shì
四川省	Sìchuān Shěng	川	Chuān	成都市	Chéngdū Shì
河南省	Hénán Shěng	豫	Yù	鄭州市	Zhèngzhōu Shì
江蘇省	Jiāngsū Shěng	蘇	Sū	南京市	Nánjīng Shì

安徽省	Ānhuī Shěng	皖	Wǎn	合肥市	Héféi Shì
浙江省	Zhèjiāng Shěng	浙	Zhè	杭州市	Hángzhōu Shì
江西省	Jiāngxī Shěng	贛	Gàn	南昌市	Nánchāng Shì
湖北省	Húběi Shěng	鄂	È	武漢市	Wǔhàn Shì
湖南省	Húnán Shěng	湘	Xiāng	長沙市	Chángshā Shì
福建省	Fújiàn Shěng	閩	Mǐn	福州市	Fúzhōu Shì
廣東省	Guǎngdōng Shěng	粵	Yuè	廣州市	Guǎngzhōu Shì
海南省	Hǎinán Shěng	瓊	Qióng	海口市	Hǎikǒu Shì
貴州省	Guìzhōu Shěng	黔	Qián	貴陽市	Guìyáng Shì
青海省	Qīnghǎi Shěng	青	Qīng	西寧市	Xīníng Shì
雲南省	Yúnnán Shěng	滇	Diān	昆明市	Kūnmíng Shì
台灣省	Táiwān Shěng	台	Tái	台北市	Táiběi Shì

自治區 zìzhìqū

自治區		簡稱		首府	
內蒙古自治區	Nèiměnggǔ Zìzhìqū	蒙	Měng	呼和浩特市	Hūhéhàotè Shì
寧夏回族自治區	Níngxià Huízú Zìzhìqū	寧	Níng	銀川市	Yínchuān Shì
廣西壯族自治區	Guǎngxī Zhuàngzú Zìzhìqū	桂	Guì	南寧市	Nánníng Shì
西藏自治區	Xīzàng Zìzhìqū	藏	Zàng	拉薩市	Lāsà Shì
新疆維吾爾自治區	Xīnjiāng Wéiwú'ěr Zìzhìqū	新	Xīn	烏魯木齊市	Wūlǔmùqí Shì

特別行政區 tèbié xíngzhèngqū

香港特別行政區	Xiānggǎng Tèbié Xíngzhèngqū
澳門特別行政區	Àomén Tèbié Xíngzhèngqū

香港紀律部隊職級名稱

香港警務處

處長
|
副處長
|
高級助理處長
|
助理處長
|
總警司
|
高級警司
|
警司
|
總督察
|
高級督察
|
督察
|
見習督察
|
警署警長
|
警長
|
高級警員
|
警員

香港消防處

處長
|
副處長
|
助理處長

消防職系

消防處處長
|
消防處副處長
|
消防總長
|
副消防總長
|
高級消防區長
|
消防區長
|
助理消防區長
|
高級消防隊長
|
消防隊長
|
見習消防隊長
|
消防總隊目
|
消防隊目
|
消防員

救護職系

救護總長
|
副救護總長
|
高級助理救護總長
|
助理救護總長
|
救護監督
|
高級救護主任
|
救護主任
|
見習救護主任
|
救護總隊目
|
救護隊目
|
救護員

指揮室職系

助理消防區長
（調派及通訊）
|
高級消防隊長
（控制）
|
消防隊長
（控制）
|
消防總隊目
（控制）
|
消防隊目
（控制）

入境事務處

處長
|
副處長
|
助理處長
|
高級首席入境事務
主任
|
首席入境事務主任
|
助理首席入境事務
主任
|
總入境事務主任
|
高級入境事務主任
|
入境事務主任
|
見習入境事務主任
|
總入境事務助理員
|
高級入境事務助理員
|
入境事務助理員

香港懲教署

署長
|
副署長
|
助理署長

懲教職系	工業職系
懲教事務總監督	總經理 （懲教署工業組）
懲教事務高級監督	懲教事務監督 （工業組）
懲教事務監督	總工業主任 （懲教事務）
總懲教主任	高級工業主任 （懲教事務）
高級懲教主任	工業主任 （懲教事務）
懲教主任	工藝導師 （懲教事務）
一級懲教助理	工藝教導員 （懲教事務）
二級懲教助理	工藝教導員

香港海關

海關部隊職系	貿易管制 主任職系
關長	高級首席 貿易管制主任
副關長	首席貿易 管制主任
助理關長	總貿易 管制主任
總監督	高級貿易 管制主任
高級監督	貿易 管制主任
監督	助理貿易 管制主任
助理監督	
高級督察	
督察	
見習督察	
總關員	
高級關員	
關員	

政府飛行服務隊

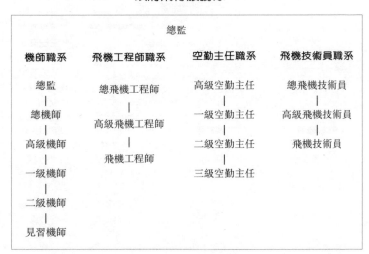

總監

機師職系	飛機工程師職系	空勤主任職系	飛機技術員職系
總監	總飛機工程師	高級空勤主任	總飛機技術員
總機師	高級飛機工程師	一級空勤主任	高級飛機技術員
高級機師	飛機工程師	二級空勤主任	飛機技術員
一級機師		三級空勤主任	
二級機師			
見習機師			

廉政公署

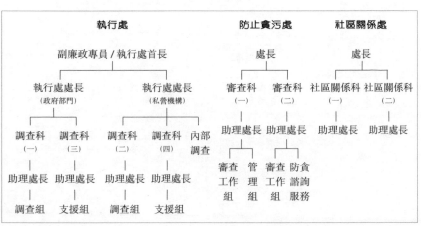

中華人民共和國人民警察警銜

總警監
|
副總警監
|
一級警監
|
二級警監
|
三級警監
|
一級警督
|
二級警督
|
三級警督
|
一級警司
|
二級警司
|
三級警司
|
一級警員
|
二級警員

liànxí   dá'àn

練習答案

第 1 課 普通話的聲調

三、練習

1. 第一聲：　聽　詩　天　風　杯

　　第二聲：　麻　學　人　紅　雷

　　第三聲：　鼓　寫　海　紙　草

　　第四聲：　唱　罵　地　樹　電

2.

　　　ˇ ˊ　　　ˋ —　　　— —　　　— ˇ　　　— ˊ

　（1）掃描　（2）故鄉　（3）關心　（4）黑板　（5）家庭

　　　ˇ —　　　ˊ ˋ　　　ˋ ˊ　　　ˊ ˇ　　　ˇ ˋ

　（6）老師　（7）排隊　（8）熱情　（9）遲早　（10）警告

第 2 課 聲母和韻母的拼合（一）

三、練習

1.（1）k、g　（2）p、b　（3）d、t　（4）k、g

　（5）l、l　（6）t、d　（7）f、h　（8）b、m

　（9）n、l　（10）h、m

2.

(1) 排

(2) 濤

(3) 浩

(4) 飛

(5) 否

(6) 號召

(7) 愛戴

(8) 走漏

(9) 醜陋

(10) 蓓蕾

ai

ei

ao

ou

3. (1) ia　　(2) iao　　(3) ie　　(4) uai

　(5) üe　　(6) iou　　(7) uo　　(8) uei

4.

第二組：　大　佛　喝　體　肚　女

拼音：　　dà　fó　hē　tǐ　dù　nǔ

第三組：　踏　摸　樂　批　兔　區

拼音：　　tà　mō　lè　pī　tù　qū

第四組：　卡　坡　可　底　苦　舉

拼音：　　kǎ　pō　kě　dǐ　kǔ　jǔ

164

第 3 課 聲母和韻母的拼合（二）

三、練習

1. （1）jiao：<u>驕</u> <u>矯</u> <u>角</u> <u>叫</u>

   （2）jie：<u>接</u> <u>結</u> <u>解</u> <u>戒</u>

   （3）qiao：<u>敲</u> <u>僑</u> <u>巧</u> <u>翹</u>

   （4）qie：<u>切</u> <u>茄</u> <u>且</u> <u>怯</u>

   （5）xiao：<u>消</u> <u>淆</u> <u>小</u> <u>孝</u>

   （6）xie：<u>些</u> <u>邪</u> <u>寫</u> <u>謝</u>

2. （1）這輛巴士空調不夠，很悶！

   （2）魏敏玲不但人長得漂亮，心眼_兒好，而且還勤奮好學。

   （3）剛剛我還看見小劉，一轉眼他就不見了。

   （4）哎喲，一隻風箏飛走了！

   （5）在教室裏嘰哩呱啦吵吵鬧鬧，是很影響其他同學學
習的。

3.

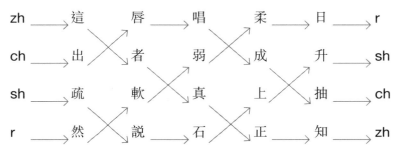

4. （1）D （2）B （3）C （4）A （5）B （6）B （7）A

   （8）C （9）D （10）D

5.

聲母	同聲母的漢字	聲母	同聲母的漢字	聲母	同聲母的漢字
j	結 雞 嬌	zh	摘 紙 知	z	災 自 雜
q	旗 強 群	ch	抄 池 春	c	操 詞 村
x	吸 興 歇	sh	濕 升 說	s	四 僧 色

6.

(1) 人民   ☑ rénmín   ☐ réngmíng

(2) 英明   ☐ yīnmín   ☑ yīngmíng

(3) 審判   ☑ shěnpàn   ☐ shěngpàng

(4) 強項   ☐ qiánxiàn   ☑ qiángxiàng

(5) 賓館   ☑ bīnguǎn   ☐ bīngguǎng

(6) 芳香   ☐ fānxiān   ☑ fāngxiāng

第 4 課 字母 y, w 和隔音符號的用法

三、練習

1. (1) 醫藥   (2) 游泳   (3) 意義   (4) 擁有

  (5) 盈餘   (6) 慰問   (7) 玩味   (8) 委婉

  (9) 威武   (10) 瘟疫   (11) 預約   (12) 踰越

  (13) 淵源   (14) 押韻   (15) 願望

2.

Crossword grid (song titles / lyrics):

- ⁹寂
- ¹小　　K寂寞寂寞就好
- 蘋　　星
- A11如果沒有²你　F孤單的北³半球
- 果　愛　個
- 你　B我不⁸願讓你⁵一個人
- 也　像　得　個　　¹⁰眼
- 聽　誰　一　H男人不該讓女人流淚
- E說愛⁶你　人　想　　成
- 把　心　着　　詩
- I我好想⁷你　C給我一首歌的⁴時間
- 灌　不　個　間
- 醉　知　D到處都是愛
- 道　去
- J最熟悉的陌生人　G爸爸去哪兒
- 事　了

第 5 課　變調和音變

三、練習

1.

（丶）	（—）	（ˊ）	（—）
（1）一杯	（2）唯一	（3）一會ㄦ	（4）第一

（•）	（丶）（ˊ）	（丶）（ˊ）	（丶）（丶）
（5）說一說	（6）一心一意	（7）一模一樣	（8）一朝一夕

(9) 不對　　　(10) 不好　　　(11) 對不起　　(12) 差不多

　　(ˋ)(ˊ)　　　(ˋ)(ˋ)　　　　(ˊ)(ˊ)　　　(ˋ)(ˊ)
(13) 不聞不問　(14) 不清不楚　(15) 不見不散　(16) 不離不棄

2.

(1)　打招呼啊！

(2)　你多吃點兒，別客氣啊！

(3)　他是誰啊！

(4)　你説啊！

(5)　兒子啊，天氣冷了，要多穿點兒。

(6)　你快去報名啊！

(7)　你這個人真粗心啊！

(8)　好啊！我們一塊兒去。

(9)　別往那兒走，這小巷很暗啊。

(10)　今天是誰的生日啊！

(11)　你的錢包放哪裏了，我沒找着啊！

(12)　你怎麼才説一半兒啊？

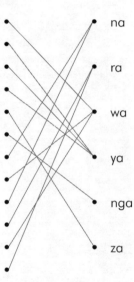

na

ra

wa

ya

nga

za

3.

單韻母	a	o	u	e			
複韻母	iou	ia	ua	üe	ie		
鼻韻母	an	ong	en	ueng	üan	in	iong

第 6 課 普通話的輕聲和兒化韻

三、練習

1.

一	帆	風	順	手	牽	羊	入	虎	口
昇	平	淡	無	奇	珍	異	寶	刀	若
舞	生	花	妙	筆	伐	口	誅	不	懸
歌	逃	功	高	不	可	攀	暴	老	河
當	口	苦	弄	墨	守	龍	討	態	清
酒	虎	勞	文	規	成	附	逆	龍	海
對	成	惡	舞	鸞	歌	鳳	耳	鍾／鐘	晏
戶	人	逸	好	於	歸	言	之	鼓	安
當	三	過	不	事	其	成	玉	饌	酖
門	衡	帶	散	鳥	聚	獸	猛	蛇	毒

2. （1）一時半會　　（2）三番五次　　（3）坐吃山空

　　（4）添油加醋　　（5）不知不覺　　（6）迫不及待

　　（7）有頭有臉　　（8）天花亂墜

3. （1）啞巴　（2）腦袋　（3）擬聲　（4）調節

　　（5）漂亮　（6）投靠　（7）鮮明　（8）餃子

　　（9）海島　（10）名字　（11）假設　（12）厚道

4. （1）這把梳子　zi　很漂亮。

　　（2）原子　zǐ　彈的威力很大。

(3) 他沒事的時候很喜歡嗑瓜子__zǐ__。

(4) 女子__zǐ__中學不收男生。

(5) 王先生不喜歡吃栗子__zi__。

(6) 田先生喜歡讀《孫子__zǐ__兵法》。

(7) 杯子__zi__、被子__zi__不分是廣東人常見的毛病。

(8) 子__zǐ__曰：「學而時習之，不亦說乎？」

5. （1）A （2）B （3）B （4）A （5）B

6. （1）李先生說：我今天有空__兒__，請你們吃飯吧。

(2) 那個穿西裝的是我們的頭__兒__，他是潮州人__×__。

(3) 小明撞到了桌子，頭上起了一個大包__×__。

(4) 太太下個月過生日，我想買個包__兒__給她。

(5) 我最近工作壓力大，常常頭__×__疼。

下部　情景對話

第 1 課　999 報案熱線

四、練習

3. （1）他後背、肩膀受傷了，最少休息三個月。

(2) 那個女嬰撞到書桌，腦門兒磕破了。

(3) 因為他整天健身，胳膊才這麼粗。

(4) 奶奶跌倒了，後腦勺兒落地，胳膊肘也摔傷了。這下麻煩了！

（5）一早提醒你，叫你小心你的脖子。

（6）陳 Sir 因為老跑步，腿挺粗的。

第 2 課　在報案室

四、練習

2.（1）物以（稀）為貴　（2）腿（麻）　　（3）（佔）座

　（4）她（長）得很漂亮　（5）他（吐）了

　（6）不（理）人　（7）坐（牢）

3. A.（3）　　B.（9）　　C.（5）　　D.（7）　　E.（11）

　F.（10）　　G.（6）　　H.（2）　　I.（1）　　J.（8）

第 3 課　火災現場

四、練習

3.（1）拽、摟　（2）剝、掰　（3）扔、撿　（4）削

　（5）噘、瞪、攥　（6）繫

第 4 課　警員巡邏

四、練習

3.（1）警察封了這條路，麻煩你走別的路。

　（2）大白天的，你藏在這兒幹什麼？塑料袋裏面是什麼東西？

（3）停車！停車！請你熄火，打開後備箱。

（4）你閉嘴！別在這裏撒潑耍賴。趕快走！

（5）你說看到他趴在那裏偷看人家洗澡，看了多長時間了？

（6）問你話，你別在這兒跟我兜圈子。

第 5 課 案發現場（一）

四、練習

3.（1）毅 意 益 逸 譯 藝 異 義 議 薏 翼 役 疫 抑 詣
　　　 力 立 隸 麗 利 荔 栗 笠 例 莉 慄 歷 曆 痢

（2）束 數 樹 墅 述 豎 恕 漱
　　 縛 富 副 赴 負 父 附 復 婦 傅 腹 覆

第 6 課 案發現場（二）

四、練習

4.（1）你那些狐朋狗友一天到晚在那裏坑蒙拐騙。

（2）你鬼鬼祟祟在這裏幹什麼？

（3）這家店的樣式包羅萬象，顏色五彩繽紛。

（4）你還在這磨磨蹭蹭？如果來不及，就前功盡棄啦！

（5）他一緊張就面紅耳赤，說話就結結巴巴的。

（6）他這個人就喜歡過河拆橋，你小心點兒！

四、練習

2.　（1）萬一拿不到號兒，你就會白跑一趟，浪費時間。網上申請穩妥一點兒。

（2）拿簽證到台灣，不在這裏申請，要去香港中華旅行社，在……

（3）申請出生證明書要有醫院提供的出生證明，還有嬰兒父母的結婚證、定居證等有效證件。

（4）問：我想在網上舉報違反入境條例罪行，但是表格不夠地方寫，怎麼辦？

答：你點「加頁」，就會有新的一頁，在上面打字就行了。

（5）問：假設我 2017 年 7 月 1 號來香港，海關批准我逗留 7 天。我到底應該幾號離境？7 號還是 8 號？

答：8 號。逗留期間的屆滿日期從入境後第二天開始算。訪客必須在逗留期屆滿日或者之前離開香港。

（6）問：來香港的旅客如果違反逗留條例，最高刑罰是什麼？

答：根據香港《入境條例》第 115 章第 41 條，一旦定罪，最高罰款港幣五萬元並坐牢兩年。

第 8 課　調解糾紛

四、練習

3. （1）伯伯，您的收音機不要開得太大行不行啊？有人投訴。

（2）對不起！這麼多人都看見你插隊，你要到後面重新排隊。

（3）一點兒小事，睜一隻眼閉一隻眼吧。

（4）你是不是借高利貸了？還是他們認錯人了？

（5）我知道你放在褲兜兒裏了，你自己拿出來吧。

第 9 課　海關舉報熱線

四、練習

3. （1）哪　　　（2）那　　　（3）哪　　　（4）那、那

（5）哪、哪、那　　　（6）哪、那　　　（7）哪、那

第 10 課　交警執勤（一）

四、練習

3. （1）雨刷壞了、車頭燈壞了，這樣你都敢開到街上。你不怕危險嗎？

（2）這裏不准停車，交通錐擺在那裏。過三個路口有停車場。

（3）你的車停在這裏，會擋住別人的車。

（4）我把你的傷口拍下來，到時上法庭給法官看。

（5）你說他的摩托車就這麼衝過來？不是你的車突然停下？

（6）阿 Sir，求求你別開罰單行不行？我這個月已經收到兩張罰單了！

第 11 課 交警執勤（二）

四、練習

2. 先生、清楚、模糊、厲害、動彈、告訴、玻璃

第 12 課 出入境檢查

四、練習

3. （1）掉 （2）扔 （3）扔 （4）丟

（5）丟 （6）掉 （7）扔

後記

　　香港能夠成為世界上最安全的地方之一，香港紀律部隊功不可沒。什麼叫紀律部隊？就是維持社會治安和提供緊急救援及消防的隊伍，包括警察隊、民眾安全服務隊、政府飛行服務隊、海關、消防處、入境事務處、懲教署和醫療輔助隊等八支部隊，均屬保安局領導。

　　香港紀律部隊人員專業性強、素質高，單就語言方面來，除了粵語，還能操一口流利英語，香港回歸之後，他們的普通話水平也日漸提高。

　　現在，香港與內地的交流頻繁，越來越多的內地同胞來香港，一般交流已經滿足不了實際需要了。這本書旨在從專業的角度，為紀律部隊提供最實用的普通話訓練；內容上亦涉及紀律部隊工作的方方面面。從教材 12 課的情景對話的題目就可以看出，裏面選用一個個具體生動的場景，例如，報案現場、火災現場、警員巡邏、辦理證件、海關舉報、交警執勤、出入境檢查等常見的場面，教給你這些語境中的應對語句，學了就可以用上。

　　本書在語言訓練上也十分實用。舉例來說，粵語「打尖」這個詞語，普通話說「插隊」，但對一些北方地區的人士而言，他們習慣說「加塞兒」。「加塞兒」這個詞發音並不容易，因此不一定非要學會說，但一定要聽得懂。假如有兩個人發生爭執，一個人投訴另一個人「加塞兒」，前線警員首先一定要聽

得懂，才能調解糾紛、化解矛盾。因此，我們在設計「調解糾紛」這一課時，特意把「插隊」、「加塞兒」這兩個詞語都放在了教材中。

想學好一種語言，方法很重要。用同音字學普通話是個快捷的方法，適合異常忙碌的紀律部隊人員。例如「秩序」這個詞語，粵普發音差異極大，死記硬背往往記不住，我們就告訴大家：「秩」字其實跟「志」、「治」、「置」、「智」等好多字發音一模一樣，這樣是不是就會覺得容易多了？

本書上部的普通話語言知識，由田小琳老師主筆，提供普通話語音、詞彙、語法的簡要知識，常用粵普實例對比的方法，引起學習者的興趣。下部的情景對話，由畢宛嬰老師主筆，模擬日常工作場景，進行實際操作練習。附錄所列，是教材重要的補充部分，例如，瞭解中國內地與香港警務人員的職級名稱，可以開闊眼界，方便同行彼此交流。教材還配有情景對話的錄音，方便學習者正音。

在此書的編寫過程中，我們得到了許多紀律部隊人員的熱情幫助，使我們深受感動。感謝香港警察學院副院長曾艷霜總警司、周樹勳警司、李永強警司（退休）、梁瑋珊高級警司、消防員黃文傑先生等的專業指導。感謝香港三聯書店總編輯侯明女士，出版部鄭海檳、趙江、陳倬婧和孫素玲，為本書的策劃、編輯、校對、設計至出版付出的辛勞。感謝香港樹仁大學李娥珍老師參與討論並提出寶貴意見。

田小琳 畢宛嬰
2017 年 3 月

參考書目

《現代漢語詞典》（第 7 版），北京：商務印書館，2016

《現代漢語學習詞典》（繁體版），香港：三聯書店，2015

《普通話水平測試實施綱要》，國家語言文字工作委員會普通話培訓測試中心，北京：商務印書館，2004

《現代漢語》（修訂版），程祥徽、田小琳，香港：三聯書店，2013

《語言文字應用研究文集》，田小琳，香港：三聯書店，2016

《香港語言生活研究論集》，田小琳，北京：人民教育出版社，2012

《香港社區詞詞典》，田小琳，北京：商務印書館，2009

《田小琳語言學論文集》，田小琳，長春：東北師範大學出版社，2006

《現代漢語教學與研究文集》，田小琳，香港：商務印書館，2004

《香港中文教學和普通話教學論集》，田小琳，北京：人民教育出版社，1997

《語文和語文教學》，田小琳，濟南：山東教育出版社，1993

《語法和教學語法》，田小琳，香港：文化教育出版社，1990

《語言和語言教學》，田小琳，濟南：山東教育出版社，1984

《新編普通話辨音手冊》，畢宛嬰，香港：勤 + 緣出版社，2013

《我要學好普通話——語音篇》，畢宛嬰，香港：新雅出版社，2013

《我要學好普通話——詞彙篇》，畢宛嬰，香港：新雅出版社，2013

《普通話說話訓練》，畢宛嬰，香港：香港教育學院出版社，2001

《普通話辨音手冊》，畢宛嬰，香港：獲益出版社，2001

《學好普通話》，畢宛嬰（合著），香港：朗文出版社，1998

香港專業人士實用普通話系列　田小琳　主編

責任編輯　　趙　江　陳倬婧
書籍設計　　孫素玲

書　　名　**紀律部隊普通話**
編　　著　田小琳　畢宛嬰
插　　畫　于　霆
出　　版　三聯書店（香港）有限公司
　　　　　香港北角英皇道 499 號北角工業大廈 20 樓
　　　　　Joint Publishing (H.K.) Co., Ltd.
　　　　　20/F., North Point Industrial Building,
　　　　　499 King's Road, North Point, Hong Kong
香港發行　香港聯合書刊物流有限公司
　　　　　香港新界大埔汀麗路 36 號 3 字樓
印　　刷　美雅印刷製本有限公司
　　　　　香港九龍觀塘榮業街 6 號 4 樓 A 室
版　　次　2017 年 3 月香港第一版第一次印刷
規　　格　大 32 開（140 × 203 mm）192 面
國際書號　ISBN 978-962-04-3891-2